青|少|年|美|绘|版|经|典|名|著

QINGSHAONIAN MEIHUIBAN JINGZH

·············【经典收藏】·············

崔钟雷 编译

TANGSHI JINGXUAN | 唐诗精选

浙江人民出版社

ZHEJIANG PEOPLE'S PUBLISHING HOUSE

　　从诸子蜂起、处士横议的百家争鸣，到大师辈出、人文昌盛的文艺复兴，从闪耀着智性之光的启蒙书籍，到弥漫着天真之趣的童话寓言，几千年来，中外文坛一直人才辈出，灿若星辰，佳作更是斗量车载，形形色色。面对如此浩繁的作品，为了让青少年朋友品读到纯正的文化典籍，畅游于古今之间，我们精心编排了本套经典名著丛书。

　　本套"青少年美绘版经典名著书库"撷取世界文学中的精华，涉及中外名家经典小说、诗歌、杂文、散文等作品，让你充分领略大师的文学风采；甄选中华国学读物《孙子兵法》、《古文观止》、《诗经》等，让你从博大精深的中国传统文化中汲取营养；品鉴外国文学名著《小王子》、《少年维特之烦恼》等，让你和高尚的人谈话，树立坚定的信念；阅读传记、散文《名人故事》、《朱自清散文集》等，让你窥见历史的缩影，沐浴睿智的人文光芒……

　　本套丛书的编排方式以体裁为纲，选取集知识性、趣味性、教育性于一体的经典名著，更有大量与作品内容相得益彰的精美绘图，达成文本阅读与艺术欣赏的相互促进，从而使青少年能够保持一种活泼的读书状态，让他们真正能够走进文学殿堂，获得文学的滋养，领略文学之美。如果这一增长见识、愉悦身心的精神盛宴能够得到青少年朋友的喜爱，那将是我们最大的幸福和希冀。

TANGSHIJINGXUAN | 唐诗精选

五言古诗

乐　府

七言古诗

五言律诗

七言律诗

乐　府

五言绝句

乐 府

七言绝句

乐　府

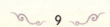

青|少|年|美|绘|版|经|典|名|著|书|库

QINGSHAONIAN MEIHUIBAN JINGDIAN MINGZHU SHUKU

·············【经典收藏】···············

五言古诗

感遇二首

张九龄

作者小传

张九龄(673—740),一名博物,字子寿,韶州曲江(今广东韶关)人。唐中宗景龙(707—710)初年进士。玄宗时,官至同中书门下平章事、中书令。为官直言敢谏,是开元年间贤相。后遭李林甫排挤,出任地方官,早年因文学为张说所激赏。其诗情致深婉,词采清丽。晚年遭受谗毁,感慨加深,诗歌的风格转向朴质简劲。著有《曲江集》二十卷。

一

兰叶春葳(wēi)蕤①(ruí),桂华秋皎洁。

欣欣此生意,自尔为佳节。

谁知林栖者,闻风坐相悦。

草木有本心,何求美人折②?

二

江南有丹橘,经冬犹绿林。

岂伊地气暖,自有岁寒心③。

可以荐嘉客,奈何阻重深。

运命唯所遇,循环不可寻。

徒言树桃李，此木岂无阴?

注释

①兰叶：菊科的兰草，叶有香气。

②美人：比喻贤人或自喻高洁者，此处指前句所说的林栖者。

③岁寒心：语出《论语·子罕》："岁寒，然后知松柏之后凋也。"后人以此来借喻坚贞的节操。

译文

一

兰草在春天枝叶繁茂，桂花在秋天晶莹明亮。它们蓬勃茂盛充满着生机，使春、秋两季因而成为美好时节。谁知那山林中的隐士，仰慕兰、桂芳洁的风尚因而对它们十分欣赏。草木流香原为天性，怎会在乎靠贤人采撷来扬名？

二

江南产有一种结红橘的果树，到了冬季还是一片苍翠的绿林。难道是因为地气温暖？自然是因为不畏风霜的本性。这红橘可用来款待贵宾，只可惜被阻隔在深远之地。命运如此，仅因蒙受着被阻隔的遭遇，这被阻隔的遭遇如同时令往复不可寻觅。人们只说要多栽种桃李，这橘树难道就没有绿荫？

作品赏析

开元二十五年(737)，李林甫、牛仙客等人极受唐玄宗宠信，张九龄受到了他们的排挤，由右丞相贬为荆州长史。《感遇》二首便是此时所作。第一首诗的首联运用了对偶的修辞方法，突出表现了春兰和秋桂两种高雅的植物。作者以兰桂自比，表示自己具有坚贞清高的气节，无用世之意，所以不求君相(美人)的任用。第二首诗有感于朝政紊乱和个人的身世遭遇，托物言志，以橘自比，以桃李影射当权得势的小人，以橘树的不畏风霜来比自己坚贞的品德，以丹橘被阻隔来比自己的遭遇，对自己不公平的命运提出了抗议。张九龄的诗歌语言生动形象，比喻贴切自然，清代文学家刘熙载评价张九龄的诗歌为"独能超出一格，为李、杜开先"。唐代著名诗人刘禹锡说张九龄的《感遇》诗"自内职牧始安，有瘴疠之叹；自退相守荆户，有拘囚之思。托讽禽鸟，寄词草树，郁然与骚人同风"。

下终南山过斛斯山人宿置酒①

李白

作者小传

李白(701—762),字太白,号青莲居士。祖籍陇西成纪(今甘肃静宁西南),幼随其父迁绵州昌隆(今四川江油)青莲乡。天宝(742—755)初年,贺知章见其文,叹为谪仙,荐于玄宗,召为翰林供奉,后又赐金放还。因附和永王李璘,流放夜郎,遇大赦得还。其诗高妙清逸,世称"诗仙"。有《李太白集》。

> 暮从碧山下,山月随人归。
> 却顾所来径,苍苍横翠微。
> 相携及田家,童稚开荆扉。
> 绿竹入幽径,青萝拂行衣。
> 欢言得所憩(qì),美酒聊共挥②。
> 长歌吟松风③,曲尽河星稀④。
> 我醉君复乐,陶然共忘机⑤。

注释

①终南山:在今陕西西安南。斛斯:复姓,原是鲜卑族的一个部落名。山人:是对隐士的代称。

②挥:《礼记·曲礼》:"饮玉爵者弗挥。"原指倒去杯中余酒,这里指举杯。

③吟松风:既可理解为歌声随风飘入屋旁的松林,亦可理解为所吟唱的是古乐府《风入松》曲。

④河星:传说天上有一条银河,由光亮的星星组成。

⑤陶然:自得其乐的样子。

译文

夜幕时分,我随山人从终南山之巅走下,山中的明月一路伴我们回家。到山下,回头凝望走过的山路,苍苍茫茫淹没在一片青绿之中。我与山人携手来到村舍,孩童跑来打开了柴门。绿竹夹着幽僻的小路,青萝拂弄着行人的衣裙。我欣喜感叹找到了安宿之所,山人捧出美酒与我举杯共酌。我们高歌吟唱松风,直到曲尽星稀为止。我已喝醉了,但主人仍非常高兴,我们欢乐的样子就像忘记了世俗的心机。

作品赏析

这首诗是李白在长安任翰林供奉时所作。写月夜作者从终南山下山时沿途所见到的清幽景色,及到好友斛斯山人家留宿,在优美的环境里宾主饮酒高歌、陶然忘机的欢乐情景。作者将写景、叙事、抒情融为一体,表现了大自然带给诗人的喜悦,以及他与好友在精神上的融洽。

首四句写下山来到山前,回头凝望山后路上的暮景。五至八句写到山人家和进门后一路所见的景象。九至十二句写入室饮酒高歌。末两句写酒后之忘机。全诗紧扣题目中的"过"和"宿"二字,一路景色均从"过"得,置酒高歌忘机之情全以"宿"出。

这首诗以田家、饮酒为题材,颇受陶渊明田园诗的影响。但是又与陶诗的风格有所不同,陶诗读来令人感觉平淡恬静,没有渲染之词;李诗则是着意染色,有色彩鲜明、神采飞扬之感。

月下独酌

李 白

花间一壶酒,独酌(zhuó)无相亲。

举杯邀明月,对影成三人。

月既不解饮,影徒随我身。

暂伴月将影,行乐须及春。

我歌月徘徊①,我舞影零乱。

醒时同交欢,醉后各分散。

永结无情游②,相期邈(miǎo)云汉。

注释

①徘徊:源自曹植《七哀》诗:"明月照高楼,流光正徘徊。"
②无情:即忘掉。彼此永远地成为忘情的好友。

译文

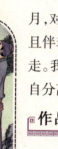

在花丛中我置下一壶美酒,自斟自酌身边没有一个好友。举起酒杯邀请明月,对着身影恰成三人。明月既不能把酒饮,身影也只是徒然随着我身转动。暂且伴着明月和着身影,行乐须趁着这明媚之春。我唱起歌,明月在天空来回地走。我跳起舞,身影在地上七零八落。清醒时我们共同交杯欢乐,酒醉后我们各自分离。但愿我们能结成忘情好友,相约重逢在遥远的天空。

作品赏析

这首诗作于李白在长安做翰林供奉之际。翰林供奉是个虚职,与实现诗人"使寰区大定,海县清一"的理想相去甚远,因此诗人心情十分苦闷,深感世上无知己,只有明月和身影可以为伴,可以与之一同畅饮歌舞,结无情之游。

这首诗是李白诗歌中最具有浪漫主义色彩的一首。前四句点题,依次写出月和影。五至八句议论,议论的主题是"行乐须及春"。九至十二句写歌舞和醉酒的情形。末两句联想到结情云游。诗歌中充满了想象,同时渗透了作者深深的孤独。

李白一生最忠实的伴侣莫过于酒和月了,无论他身处何方,都会为我们留下有关明月和美酒的佳作,比如《客中作》中的"兰陵美酒郁金香,玉碗盛来琥珀光";《把酒问月》中的"青天有月来几时?我今停杯一问之"、"唯愿当歌对酒时,月光长照金樽里";《将进酒》中的"人生得意须尽欢,莫使金樽空对月"。在这些诗句中,李白表现了一种带有浪漫色彩和丝丝悲凉的境界,但是将这种情境发挥到极致的,就是这首《月下独酌》了。

望 岳

杜 甫

作者小传

杜甫(712—770),字子美,祖籍襄阳(今湖北襄阳市襄州区),迁居巩县(今河南巩义西南)。杜甫曾应进士举,不第。天宝中,客居长安近十年,郁郁不得志。安史乱起,流离兵燹中。肃宗朝,拜左拾遗。后辗转入四川,严武再度任四川节度使时,荐为工部员外郎。后又漂泊江湘,病逝于途中,今湖南耒阳市有杜甫墓。杜诗忠实地反映了他所经历的时代的民生疾苦,风格沉郁顿挫。后世称杜甫为"诗圣",有《杜工部集》。

岱(dài)宗夫如何①?齐鲁青未了②。
造化钟神秀,阴阳割昏晓③。
荡胸生层云,决眦(zì)入归鸟④。
会当凌绝顶,一览众山小。

注释

①岱宗:岱,是泰山的别称;宗,是长(zhǎng)的意思,因泰山为五岳之首,所以用此称呼。

②齐、鲁:春秋时的两个国名。齐在泰山北,鲁在泰山南,均属今山东省境。

③阴阳:山的南面称阳,山的北面称阴。

④决眦:本指裂开了眼眶,这里指将眼眶睁得极大。

译文

五岳之首的泰山景色怎么样呢?青青的山色把齐鲁两地都覆盖了。大自然把神奇和秀丽聚你一身,山南山北的明暗判若朝夕。山上云层迭起荡我心胸,凝神远望,我目送着归林的飞鸟。总有一天我要登上山顶,看群山在我脚下变小。

作品赏析

唐玄宗开元二十三年(735),杜甫赴洛阳应进士举,落第,漫游齐、赵(今山东、河南、河北省)一带。这首诗是游泰山时所作,仅近岳而望,并未登山,因而题为《望岳》。诗中描绘了泰山高大磅礴的气势,表达了诗人对祖国大好山河的热爱,以及自己企望攀登绝顶的豪情壮志。

全诗都从"望"字着笔,前六句写望岳。依次写远望泰山的青青山色,近望泰山的雄伟气势,细望泰山飞鸟归林的景象。末两句承前六句而来,写希望登泰山的心情。清代浦起龙的《读杜心解》中说杜诗"当以是为首",并认为"杜子心胸气魄,于斯可观。取为压卷,屹然作镇",便是着眼于最后两句所富有的象征意义和启发性所作的评价。

这首诗是诗人早期的作品,也是现存杜诗中年代最早的一首,从全诗的字里行间可以感受到青年杜甫那种意气风发、神采飞扬的朝气。

小百科 XiaoBaiKe

八拜之交源于宋代邵伯温《邵氏闻见录》中的一段故事:国子博士出身的李稷恃才傲物,待人傲慢。文彦博心中不满,经常对人说:"李稷是我的晚辈,他如此傲慢,我得教训教训他。"有一次,李稷上门来拜谒。文彦博故意怠慢李稷,让李稷在客厅坐等,过了好长时间才出来接见他。见面之后,文彦博说:"你的父亲和我同辈,你就对我拜八拜吧。"李稷辈分低,不敢造次,只得向文彦博拜了八拜。文彦博以长辈的身份重挫了李稷的傲气。成语"八拜之交"就源出于此。

赠卫八处士①

杜甫

人生不相见，动如参(shēn)与商②。

今夕复何夕，共此灯烛光！

少壮能几时，鬓发各已苍！

访旧半为鬼，惊呼热中肠。

焉知二十载，重上君子堂。

昔别君未婚，儿女忽成行。

怡然敬父执，问我来何方？

问答未及已，儿女罗酒浆。

夜雨剪春韭，新炊间黄粱③。

主称会面难，一举累十觞(shāng)。

十觞亦不醉，感子故意长。

明日隔山岳④，世事两茫茫。

注释

①卫八处士：名字不详。处士是对隐居不曾应举的读书人的一种美称。

②参、商：即参星与商星，参星居西方，商星居东方，天各一方，一星升起，一星落下，永不相见。

③新炊：刚蒸煮出的饭。间：掺和。 黄粱：即黄小米。

④山岳：此处的山岳是指华山。

译文

我俩难以相见，就如那星宿中的参和商。今夜是什么好日子？我俩竟共着一盏烛光。少壮的日子有多少？我俩都已经白发苍苍。寻访旧友他们多半已为鬼

魂,这令我惊讶得如火烧肝肠。哪知道二十年已经过去,我又来到你家厅堂。离别时你还未成婚,到如今已儿女成行。欢快地礼待父亲的老友,并询问我来自何方。我还没回答完他们探询的一切,儿女们已把酒宴摆好。冒夜雨去剪来了春韭,又把刚煮熟的黄米饭呈上。主人称道我们会面多么艰难,一觞觞地敬酒连敬了十觞。我一连喝了十杯也无醉意,感谢你待故友情深意长。明日分离后,我们将被华山阻隔,相见的日期哟,又变得多么渺茫。

作品赏析

　　肃宗乾元二年(759)春,杜甫回到故乡洛阳,返华州时途经蒲州,与少年故友卫八处士(名字和生平事迹不详,处士是隐居不仕的人,八是处士的排行)相逢,两人二十年不曾相见,悲喜交集。当晚留宿卫家,饮酒话旧。诗中依次描述与老友久别重逢的惊喜、故旧伤逝的悲哀、家庭温馨的陶醉和别后难见的茫然,诗的前十句以抒情为主,随即转为叙事,以朴实无华的语言,写出了人生的深刻感受。

　　这首诗与杜甫的古体诗诗风"沉郁顿挫"有些不同,它在文字上自然浑朴,平易真切,富有层次感。但是,它所蕴涵的感情却波澜壮阔,悲喜交集。同孟浩然的《过故人庄》相比,就可看出这点,孟诗诗风恬淡,表现的情感也是平静而愉悦的。清代张上若评价这首诗"情景逼真,兼及顿挫之妙"。

梦李白 二首

杜甫

一

死别已吞声,生别常恻(cè)恻。

江南瘴(zhàng)疠(lì)地①,逐客无消息。

故人入我梦,明我长相忆。

君今在罗网,何以有羽翼?

恐非平生魂,路远不可测。

魂来枫林青②,魂返关塞黑。

落月满屋梁,犹疑照颜色。

水深波浪阔，无使蛟龙得。

二

浮云终日行，游子久不至。

三夜频梦君，情亲见君意。

告归常局促，苦道来不易。

江湖多风波，舟楫(jí)恐失坠。

出门搔(sāo)白首，若负平生志。

冠盖满京华，斯人独憔悴。

孰云网恢恢③，将老身反累。

千秋万岁名，寂寞身后事④。

注释

①瘴疠地：古时以南方湿热生瘴气，山林中多蛇鼠蚊虫传播瘟疫，而被视为畏途。

②枫林青：《楚辞·招魂》："湛湛江水兮上有枫，目极千里兮伤春心，魂兮归来哀江南。"即为此句所本，也可直解为李白魂来之地是青色的枫林。

③网恢恢：典出《老子》："天网恢恢，疏而不漏。"也就是善有善报、恶有恶报的意思。

④"千秋"两句：是从阮籍《咏怀》诗"千秋万岁后，荣名安所之"和陶潜《自挽辞》"千秋万岁后，谁知荣与辱"的诗句中化出，意指即使千秋万代传播李白的名声，也不能偿还他生前所遭遇的不幸。

译文

死别虽令人无限悲痛，生别却更令人牵挂在心头。江南是瘴气疾疫流行之地，你被流放到那里至今没有消息。老朋友终于来到我的梦中，表明我日夜在把你怀念。你如今陷入罗网，怎能有羽翼奋飞？恐怕你已不像当年的模样，路途遥远，吉凶难测。你来时枫林青青，你去时关塞幽黑。落月把银光洒满屋梁，还疑惑照着的是你的脸色。水深波浪宽啊，你千万不要被蛟龙咬伤。

浮云整天在天空飘，远方的故人总是不到。接连三夜多次梦见你，可见你对我情深意重。离去时你局促不安,反复说着来到这里实在不易。江河湖泊风急浪险,你走水道我担心翻船。出门时你搔着满头白发,好像在诉说辜负了平生志愿。高官显贵充满了京城,唯独你穷愁失意。谁说天理公平,你到老却反受牵累。即使会千古留名,那却是你冷冷清清死后的事情。

作品赏析

　　这两首诗是杜甫怀念李白之作。天宝三年(744),李杜二人在洛阳相逢,一见如故,朝夕相处一年之久。至德元年(756),李白因参加永王李璘的军事行动,兵败后牵连下狱,不久流放夜郎。乾元二年(759)春,因天旱大赦,中途放还。杜甫不知李白遇赦,只听到他下狱和流放,甚至传李白在流放途中坠水而死的消息。杜甫忧念成梦,作诗二首。

　　第一首写对李白无论在梦中还是梦醒都无比担心和牵挂。因牵挂而见李白入梦中,"魂来枫林青,魂返关塞黑",担心路远李白吉凶难测。"水深波浪阔,无使蛟龙得",又担心李白被人迫害,处境凶险,对他的命运表现出极度的关切。

　　第二首首先描绘了李白穷愁潦倒的形象,他在梦中"告归常局促,苦道来不易","出门搔白首,若负平生志",并对他的命运又一次表现出极度的关切,怕他失足坠水。接着对他的遭遇提出了强烈的抗议,"冠盖满京华,斯人独憔悴",控诉这个社会黑白不分,贤愚不辨。最后以李白虽能获得千秋万岁名,那只是身后的事,从而更深刻地揭示李白穷愁潦倒的原因,只是不容于当世。

送綦毋潜落第还乡

王 维

作者小传

　　王维(701—761),字摩诘,祖籍太原祁州(今山西祁县),父时迁居蒲州(今山西永济县)。开元九年(721)进士,官至尚书右丞。王维工诗善画,又精通音乐,能以画、乐之理融会于诗中。苏轼说他"画中有诗"、"诗中有画"(《题蓝田烟雨图》),便是评价他诗画相结合的特点。有《王右丞集》。

圣代无隐者,英灵尽来归。

遂(suì)令东山客①,不得顾采薇②。

既至金门远③,孰云吾道非?

江淮度寒食④,京洛缝春衣。

置酒长安道,同心与我违。

行当浮桂棹⑤,未几拂荆扉。

远树带行客,孤城当落晖。

吾谋适不用⑥,勿谓知音稀⑦。

注释

①东山客:指晋代谢安,他曾隐居会稽(今浙江绍兴)东山。

②采薇:指商代的伯夷、叔齐。武王伐殷,天下宗周。伯夷、叔齐义不食周粟,于首阳山采薇而食。

③金门:指朝廷。

④寒食:节令名,相传为纪念春秋时晋国高士介之推,因其不愿出山入朝被焚而死,故不举火。

⑤桂棹:船桨的美称,代指船。

⑥"吾谋"四句:是指綦毋潜的文章未被主考官看中,因而落第。

⑦知音:典出《列子·汤问》:"伯牙鼓琴,志在高山,钟子期曰:'峨峨兮若泰山';志在流水,曰:'洋洋兮若江河。'子期死,伯牙绝弦,以无知音者。"

译文

　　盛世没有了隐者,贤才都归附了朝廷。连你这个像谢安的高人处士,也不再顾恋山林。你未能金榜高中,谁会说我们的主张不对?江淮间正度寒食佳节,京城里正在缝制春衣。我在长安古道摆上酒宴,与知己话别分离。你就要乘船归去,不久就要回到家里。远方的山林带走了你,这孤独的山城也将蒙上夕阳的余晖。虽然我们的才能暂时不被重用,但不要说这世上就没有了知音。

作品赏析

　　这是一首送别诗。好友綦毋潜应试落第还乡,诗人置酒送行,以诗相赠。诗

人细心体贴友人应试落第后的心情,加以宽慰,劝勉友人不要心灰意冷。"既至金门远,孰云吾道非",意谓一个人只要坚信自己的理想和抱负,没有什么艰难险阻是不能克服的,这种安慰比那种简单的鼓励要中肯得多,而且能够鼓舞人心。"吾谋适不用,勿谓知音稀",这是全诗的点睛之笔,意谓好友的才能只是暂时未被发现,但是千万不要因此而认为世间没有你的知音,在安慰的同时也在鼓励和肯定好友。其实,这也是诗人要对自己说的,尽管政治上失意,但是也不能泯灭报效国家的雄心大志。诗中的语气十分旷达,鼓励友人积极进取,寄寓着一片真情厚意。整首诗在这个主题上加以烘托渲染,熔叙事、写景、抒情于一炉,语言质朴真实,诗意明晰动人。

送　别

王　维

下马饮君酒,问君何所之?
君言不得意,归卧南山陲①(chuí)。
但去莫复问,白云无尽时。

注释

①南山:这首诗若是送给孟浩然的,南山不应该是终南山,而是襄阳城南的岘山。

译文

我下马为你置酒,问你要去往何方。你说人生太不得意,归去隐居南山之旁。只管离开,不要再问,那里白云悠悠,无忧无虑。

作品赏析

这是一首送友人归隐的诗,虽然看起来语句平淡无奇,但细细品味,词浅而意深。全诗先叙事,"饮"字运用了使动用法,开篇点题。而后以问话引起下文,这一简单的设问,将诗人对友人关切爱护的深厚情谊淋漓尽致地呈现在读者眼

前，由此，送别者的感情就渗透在字里行间了。接着诗人又说明友人"不得意"的原因，将友人的失意情绪表现出来，这也从侧面表达了诗人自己对现实愤懑不满。最后两句诗韵味骤增，诗意顿浓，明代诗人谢榛评其为"清音有余"。这两句所表达的思想情感也很复杂，在安慰友人的同时也表达了诗人对归隐的羡慕，在对世间的荣华富贵否定的同时，又似乎表现了一种无可奈何的情绪。

渭川田家①

王维

斜光照墟落，穷巷牛羊归。

野老念牧童，倚杖候荆扉。

雉（zhì）雊（gòu）麦苗秀②，蚕眠桑叶稀。

田夫荷（hè）锄至，相见语依依。

即此羡闲逸，怅然吟《式微》③。

注释

①渭川：即渭水，是陕西的一条主要河流。

②雉雊：雉，即山鸡，又名野鸡；雊，是叫声。野鸡鸣唱时正是麦苗生长的时节。

③《式微》：《诗经·邶风》中的篇名，内有"式微，式微，胡不归"的句子，这里借以表达希望早点辞官归隐之情。

译文

夕阳照着村庄，牛羊回到了小巷。老头盼着牧童归来，拄着拐杖守在门旁。野鸡鸣叫，麦苗生长。蚕儿睡眠，桑叶疏稀。农夫扛锄下地归来，相见言语亲密。看到这些，我羡慕田家的清闲安逸，却只能徒然叹息，吟诵诗章《式微》。

作品赏析

这是一首田园诗，描绘了初夏时分，夕阳西下、夜幕将至之际，由田园晚归

的景象。诗人以恬淡的笔调绘出了农家宁静闲逸的生活画面和富有田园牧歌的情调。从侧面反映出作者宦海生活中的苦闷和对归隐生活的向往。

开元二十五年(737)，张九龄受到奸佞之臣的诽谤，被排挤出朝廷，诗人深感在朝廷上没有立足之地，进退维谷。在此心情下，他来到了乡野，所看到的人都有自己的归处，唯独自己没有，内心既羡慕又惆怅彷徨。因此，"即此羡闲逸，怅然吟《式微》"。《式微》出自《诗经·邶风》，诗中反复吟咏："式微，式微，胡不归？"诗人欲借此来表达自己急欲归隐田园的心情。这与首句"斜光照墟落"遥相呼应，从而使写景和抒情契合无间，同时还将全诗的主题揭示了出来。

秋登万山寄张五①

孟浩然

作者小传

孟浩然(689—740)，襄州襄阳(今湖北襄阳市襄州区)人。早年居家闭门读书，年四十赴长安，得到张九龄和王维的赏识，但应试不第，失意而归。张九龄镇守荆州时，招致幕府，后病疽死。其诗多写隐居闲适和羁旅愁思，意境清远，恬淡自然，一向与王维并称，但题材和风格不及王维丰富多变。有《孟浩然集》。

北山白云里，隐者自怡悦。

相望始登高，心随雁飞灭。

愁因薄暮起，兴是清秋发。

时见归村人，平沙渡头歇。

天边树若荠(jì)，江畔洲如月。

何当载酒来，共醉重阳节②。

注释

①万山：在今湖北襄阳市西北。

②重阳：亦称重九，古代在这一天有登高的风俗。

译文

　　我住在北山白云的深处，过着隐居的生活安闲自得。登上高山遥望远方，心神追随着大雁，一直到它们在天边消逝。忧愁因这黄昏而起，诗情却又被清秋之景引发。我时时望见回村的人们，走过沙滩在渡头休歇。远望天边的树细如荠菜，江畔的沙洲小如弯月。你几时才能载酒到来，与我醉饮在重阳佳节。

作品赏析

　　这是一首怀念友人的诗。抒写诗人因想念友人登高远望友人居处，望而不见而产生愁思，寄托了对友人深厚的情意。前四句诗先点自悦，其中前两句化用晋代陶弘景《答诏问山中何所有》中的"山中何所有，岭上多白云。只可自怡悦，不堪持赠君"。三、四两句进入题意，登山"相望"张五，在描写自然风景的同时又抒发了感情，寓情于景，情景交融。"时见归村人，平沙渡头歇。天边树若荠，江畔洲如月"这四句诗是整首诗的精华，既表现了农村的那种静谧气氛，又表现了自然界的优美景象。晚唐诗人皮日休认为："遇景入咏，不拘奇抉异……涵涵然有云霄之兴，若公输氏当巧而不巧者也。"清代诗人沈德潜评其为"语淡而味终不薄"。最后两句照应开头数句，点明了"秋"字，表达了诗人对友人张五的思念之情。

小百科 / XiaoBaiKe

　　除了公鸡，古人还有哪些物件可以充当闹钟？
　　古人是相当聪明的，他们除了发明漏壶和日晷外，还发明了香钟。香钟是以特制的模子制成盘香。盘香质地均匀，燃烧时间准确，古人常从燃烧后剩余的盘香上的刻度来推测时间。随着经验的累积，古人又逐渐对香钟进行了改良，在盘香烧到固定刻度时，上面挂的重物就会落下，撞击盘香下的金属器皿，达到闹钟的效果。

夏日南亭怀辛大①

孟浩然

山光忽西落,池月渐东上。
散发乘夕凉,开轩卧闲敞②。
荷风送香气,竹露滴清响。
欲取鸣琴弹,恨无知音赏。
感此怀故人,中宵劳梦想。

注释

①辛大:名谔,大是排行。辛谔是诗人的同乡,曾隐居邻近的西山,也是一位高士。

②开轩:打开窗户。

译文

西山的夕阳忽然落下,池塘上的月亮渐渐从东边升起。我披散着头发乘着夜晚的凉爽,推开窗户躺在舒适宽敞的地方。清风送来荷花的香气,竹叶上的露珠滴落发出清脆的声响。我多想取出鸣琴弹上一曲,可惜没有知音来欣赏。对此我怀念起旧友,整夜里在梦中把你想。

作品赏析

这首诗描绘了夏夜乘凉时,置身在池月、清风、荷香、竹露的景色中的情景,勾起了对友人的深切怀念和不能与友人共度良宵而带来的哀愁及情思。诗中"荷风送香气,竹露滴清响"两句,写景细致入微,从嗅觉和听觉方面表现了诗人心理上的一种快感,为难得的佳句,沈德潜在《唐诗别裁》中评其为"一时叹为清绝"。

这首诗的思想内容并不十分厚重,但却描写了一种怡然自得的生活情趣,兼带一丝没有知音在身边的感慨,诗中所描写的事物形象逼真,感觉细腻入微,诗趣盎然。在写法上,这首诗借鉴了近体诗形式和音律的长处,"荷风送香气,竹露滴清响"两句似对非对,具有朴素的形式美,南宋诗论家严羽的《沧浪诗话》评其为"有金石官商之声"。

同从斋弟南斋玩月忆山阴崔少府①

王昌龄

作者小传

王昌龄(? —约756),字少伯,京兆长安(今陕西西安)人。开元十五年(727)中进士,授校书郎。开元二十二年(734)又中博学宏词科,官汜水尉,出为江宁丞,天宝七年(748)贬为龙标尉。安史乱起,避乱回乡,为刺史闾丘晓所杀。他擅长五言古诗和七言绝句,绝句成就最高。句奇格俊,雄浑自然,明代王世贞论盛唐七绝,认为只有他可以和李白争胜,列为"神品"。《全唐诗》录存其诗四卷。

高卧南斋时,开帷月初吐。

清辉澹水木,演漾在窗户。

荏(rěn)苒(rǎn)几盈虚,澄澄变今古。

美人清江畔,是夜越吟苦②。

千里其如何,微风吹兰杜③。

注释

①从弟:即堂弟。山阴:今浙江绍兴市。崔少府:名国辅,曾任山阴县尉、许昌令等,一位诗人。少府,是对县尉的美称。

②越吟:因为崔国辅本是山阴人,为古越国地,故借以喻他此刻也必在乡苦吟。

③兰杜:兰草、杜若,都是香草名。美人、香草在屈原的《离骚》中都是志行高洁的形象。

译文

我安闲地住在南斋时,拉开窗帘便见新月在东山升起。明月的清辉在水面和树间流动,水波映着月影在窗户间摇动。岁月流逝伴着你多少回圆了又缺,你明丽的光辉照着人世间无穷的变迁。友人在清江之畔,今夜定在苦吟诗篇。我与他虽遥隔千里,却同被明月高照,他的声名就如微风吹来兰杜的馨香。

作品赏析

　　这首诗抒写了玩月时的感慨和对友人的怀念。先写玩月,并交代了时间(月初)和地点(南斋),对月有"盈虚"、世间"变今古"极为感叹,人世间发生了无数变迁,而明月却清辉无穷。由此,从月照天下联想到千里之外的好友,也一定会在此良辰美景下玩月苦吟,虽相隔千里,却明月共照,也能感受到好友德行的馨香,恰如兰杜,芳香四溢,高风亮节。全诗围绕"月"字展开,并且句句不离"月"字,熔写景和抒情于一炉,情因景生,景以情合,二者互相渗透,情景交融,具有很强的艺术感染力。谢榛曾说过:"景乃诗之媒,情乃诗之胚。"他还说:"孤不自成,两不相背。"

春泛若耶溪①

綦毋潜

作者小传

　　綦毋潜(692—749),字孝通,虔州南康(今江西南康)人。开元十四年(726)中进士。授宜寿尉,迁右拾遗,入集贤院待制,复授校书,终著作郎。后因兵乱,弃官归隐江东别业。其诗多写方外之情,虽有佳句,但缺乏社会现实内容。《全唐诗》录存其诗一卷,共二十六首。

> 幽意无断绝,此去随所偶。
> 晚风吹行舟,花路入溪口。
> 际夜转西壑,隔山望南斗②。
> 潭烟飞溶溶,林月低向后。
> 生事且弥漫,愿为持竿叟(sǒu)。

注释

　　①若耶溪:即若邪溪,今浙江绍兴市南,相传西施曾在溪中浣纱。

②南斗:星宿名。

译文

　　我探寻幽雅处所的愿望没有停止,这次出游也只是随遇而安,任其自然。晚风吹送着我的行舟,船在两岸开满鲜花的河流上荡进溪口。傍晚又转入西边的山谷,隔山可仰望天空的南斗。潭面的雾气飘飞弥漫无际,林中的月亮落在行舟的背后。世事多么地渺茫,我诚愿做一个钓鱼翁。

作品赏析

　　这首诗大概是诗人归隐后创作的。主要写作者春夜泛舟若邪溪(今浙江省绍兴市南,相传为西施浣纱处)的所见所感。晚风吹舟,一路所见春江碧波荡漾,鲜花夹岸,芬芳馥郁,轻舟曲折前行,遥望天际,南斗高挂,潭面烟雾飘飞不定,明月从林后渐渐西沉,如入图画之中。于是生出"生事且弥漫"的感慨,并且"愿为持竿叟"隐居在山林之间。"持竿叟"指的是东汉著名隐士严子陵在今浙江省富春江一带隐居垂钓的故事,诗人化用此故事,意在表明其志向。全诗意境幽远,描写景物清新,极富画意,是綦毋潜山水诗歌的代表作。唐代文学家殷璠在《河岳英灵集》中说綦毋潜"善写方外之情"。明代著名文人胡震亨所编《唐音癸签》中评价这首诗"举体清秀,萧萧跨俗"。

宿王昌龄隐居

常　建

作者小传

　　常建(生卒年不详),长安(今陕西西安)人。开元十五年(727)中进士。天宝中年,授盱眙(今江苏盱眙县)尉。仕宦失意,往来山水之间,长期过着漫游生活。其诗具有浓厚的山林隐逸之气,境界清远,有独特的艺术风格。《全唐诗》录存其诗一卷。

清溪深不测,隐处唯孤云①。

松际露(lù)微月,清光犹为君。

茅亭宿花影，药院滋苔纹。
余亦谢时去②，西山鸾鹤群③。

注释

①孤云：既指天空的云，以孤来突出它的特异和隐居地的幽静，同时又是贫士的代称。

②谢时：典出《列仙传》，王乔遇道士浮丘公，接以上嵩山。"三十余年后托人说：'可告我家，七月七日待我于缑氏山头。'至期，果乘白鹤驻山头，望之不得到，举手谢时人，数日乃去。"此处指告别时俗。

③西山：今湖北省武昌的樊山。鸾：传说中凤凰一类的鸟，神话称仙人所乘，此处形容王昌龄的隐居地就像仙境。

译文

清溪的深浅无法探测，但见你隐居之处彩云飘飞。松林里露出些许月色，那明月的光辉照耀着你。茅屋边到处是花影，种药的庭院印着苔纹。我也将辞谢时人离去，隐居西山与鸾鹤同群。

作品赏析

这首诗描绘了王昌龄隐居之处的高雅。清溪、孤云、松月、花影、苔纹，这些景物衬托了隐者居处的高雅。由于高雅的景物引发了诗人要"谢时去"，其中的"鸾鹤群"化用了江淹《登庐山香炉峰》中的"此山具鸾鹤，往来尽仙灵"，表达了去西山与鸾鹤为群的愿望，亦表现了诗人对王昌龄隐者生活的钦羡。

这是一首山水隐逸诗，盛唐时期就已经成为名篇，到了清代，更是受到以王士祯为代表的诗歌流派——"神韵派"的推崇。与《题破山寺后禅院》皆为常建的代表作品。常建和王昌龄都是开元十五年(727)进士，二人又是好友，但是，常建只当过县尉之职，之后便辞官隐居在武昌樊山。王昌龄虽然仕途不顺，却并未辞官。题目"宿王昌龄隐居"指的是王昌龄当官之前隐居的地方，另说当时王昌龄不在此地。

与高适薛据登慈恩寺浮图①

岑参

作者小传

岑参(约715—770),原籍南阳(今属河南),迁居江陵(今湖北荆州市荆州区)。天宝三年(744)中进士,官至嘉州刺史。岑参多次随军出塞,对西北边塞风光及将士生活深有体会,以边塞诗擅长。其诗热情讴歌保家卫国的英勇豪迈及边境生活的艰苦卓绝。在艺术上,富有幻想色彩,气势磅礴,笔法变化多端,是唐代卓有成就的大诗人之一。有《岑嘉州集》。

塔势如涌出,孤高耸天宫。
登临出世界②,磴道盘虚空。
突兀(wù)压神州③,峥嵘如鬼工。
四角碍白日,七层摩苍穹。
下窥指高鸟,俯听闻惊风。
连山若波涛,奔凑似朝东。
青槐夹驰道④,宫馆何玲珑!
秋色从西来,苍然满关中。
五陵北原上⑤,万古青濛濛。
净理了可悟,胜因夙所宗⑥。
誓将挂冠去⑦,觉道资无穷。

注释

①薛据:河中宝鼎(今山西万荣西南)人,开元九年(721)中进士,终水部郎中。慈恩寺:在今陕西西安市和平门外。浮图:原是梵文佛陀的音译,即宝(佛)塔。

②世界:即尘世之间,典出《金刚经》:"三千大千世界。"与现在通称的世界不同义。

③神州:指中国。

④驰道：皇帝车马所行的专道，诗中泛指大道。

⑤五陵：指汉代五个帝王的陵墓，即高帝长陵、惠帝安陵、景帝阳陵、武帝茂陵、昭帝平陵。

⑥胜因：佛家语，意谓胜妙的善缘。夙所宗：早就信仰。

⑦挂冠：辞官而去。

译文

宝塔拔地而出，孤高地耸入天宫。登上塔顶犹如脱离尘世，那石阶接连而上如盘旋在太空。它雄伟地高踞大地之上，精巧如鬼斧神工。塔的四角阻挡了白日的运转，七层的塔顶连接苍穹。向下望见小鸟在飞翔，俯首又听到大风惊鸣。山势相连如波涛起伏，向东奔腾似乎来朝京都。青槐夹着驰道，宫殿建造得多么玲珑。秋色在西方呈现，一片灰白洒满关中。汉代五陵居北面平原之上，自古以来显得一片苍润。清净的佛理了然可悟，我早就信仰佛理中的善因。我发誓辞官归去，佛家的禅理可使我受用无穷。

作品赏析

这首诗用夸张的笔法，描绘了慈恩寺高大雄伟的气势和在塔上远望的各种景象。描绘景象的角度多变，有仰望、俯视，有远眺、近观。一、二句写登塔之前仰望宝塔，将宝塔的高大巍峨"如涌出"、"耸天宫"形象地描写出来；接下来的三、四句便是写登塔；五到八句写登塔过程中所看到的塔的高峻雄伟和鬼斧神工；九、十句写登上山顶之后的向下俯瞰，甚是惬意；十一至十八句继而写在塔顶观看四面八方的景物；最后四句诗人由景生情，感悟到了"净理"，便决意辞官学佛，以此来救助世人。全诗气势雄伟，波澜壮阔，充满浪漫色彩。最后以悟佛理挂冠而去来结束全诗，反映了作者消极的思想。在结构上，前后气氛不够相称。事实上，辞官学佛并未成为岑参日后的生活内容。

郡斋雨中与诸文士燕集

韦应物

作者小传

韦应物（约737—791），京兆万年（今陕西西安）人。早年尚豪侠，以三卫郎事唐玄宗。玄宗死后,折节读书,后举进士,官至苏州刺史。其诗语言简淡,绝去雕饰,风格秀朗,气韵澄澈。后人论唐诗往往以王、孟、韦、柳并举。有《韦苏州集》。

兵卫森画戟①,宴寝凝清香。

海上风雨至,逍遥池阁凉。

烦疴(kē)近消散,嘉宾复满堂。

自惭居处崇,未睹斯民康。

理会是非遣②,性达形迹忘。

鲜肥属时禁,蔬果幸见尝。

俯饮一杯酒,仰聆金玉章。

神欢体自轻,意欲凌风翔。

吴中盛文史,群彦今汪洋。

方知大藩地③,岂曰财赋强?

注释

①画戟:戟,旁有枝格的一种双矛兵器,在戟上有彩饰的称画戟。

②"理会"句:全句指能通会自然之理,便能消释是非。

③藩地:王侯的封地,后指重要的州郡、方镇。

译文

卫士们拿着画戟守卫森严,小憩的内室凝满着熏香的清香。海上忽然间飘来了风雨,池阁变得舒适清凉。烦闷与疾病几乎消散,更有贵客坐满厅堂。自感惭愧居着高位,却不见百姓生活是否安康。事理通晓就能明辨是非,性情旷达就可入境忘形。鲜禽肥肉是这个时期的禁物,幸好还有蔬菜水果供贵客品尝。我俯首先饮下一杯水酒,抬头敬听诸位金玉般的诗章。神情欢畅,身体也感到轻松,好像要凌风飞翔。吴中历来盛行文史教化,如今饱学之士多得像大海汪洋。我现在才明白了大都市之所以发展得宏大,哪里只是依靠着财富丰厚呢?

作品赏析

　　这首诗是诗人任苏州刺史时所作,描写与文士饮酒聚会的情形。诗中反映了诗人对人民疾苦的关注和对吴中文人的赞扬。"自惭居处崇,未睹斯民康",诗人因自己的住处高大雄伟却无视民生安康而惭愧,同时暗喻"兵卫森画戟,宴寝凝清香"的刺史们的生活环境亦闭塞视听。诗人在高位、宴乐之中仍不忘百姓的安康,显示出一个正直的封建官员的良心和美德。但是却又要宴饮享乐,为了解决这种矛盾,便采用老庄的思想来麻痹自己,即"理会是非遣,性达形迹忘"。最后,作者把文人的作用与大都市的发达结合起来,"群彦今汪洋",对吴中的文人给予了高度的赞扬,并与题目中的"诸文士燕集"相呼应。这首诗是韦应物诗歌中的名篇,唐代诗人白居易在《吴郡诗石记》中称赞这首诗"最为警策"。明代文学家杨慎在《升庵全集》卷五十四中称赞其"为一代绝唱"。

初发扬子寄元大校书①

韦应物

凄凄去亲爱②,泛泛入烟雾。

归棹洛阳人,残钟广陵树。

今朝此为别,何处还相遇?

世事波上舟,沿洄安得住③?

注释

　　①扬子:即扬子津渡口,在今江苏扬州市邗江区南。元大:名不详,大是排行。校书:即校书郎。

　　②亲爱:相亲相爱的好朋友。

　　③沿:指顺流。洄:水流回旋。这句是说世事的变化无常,就像波上的船不能停驻。

译文

　　凄凄然离开亲爱的朋友,我乘船行驶在烟雾茫茫的江中。乘船向洛阳的我,回望广陵,只听得到残余的晓钟从朦胧的烟树中隐隐传来。今天在这里与你相别,在什么地方才能与你相逢?世事就如同风浪中的小舟,哪能在洄水中长久停驻!

作品赏析

广德元年(763),韦应物离开广陵,前往洛阳担任洛阳丞。诗中写了起程与好友离别时的凄恻情怀,诗人以"亲爱"二字称呼朋友元大,表达了诗人对元大(诗人在广陵的朋友,大是排行,具体的名字不详)的真挚情谊。"今朝此为别,何处还相遇",诗人有感于身世飘忽无定,大有分别容易、相见时难之慨叹,这与晚唐著名诗人李商隐的《无题》中的"相见时难别亦难"有几分相像。接着,诗人转而安慰自己,"世事波上舟,沿洄安得住"表明了世事无常,岂是个人能够左右得了的?蕴涵了身世之慨和无可奈何。全诗借景抒情,寓情于景,情景交融,含蓄不尽,层次分明。从字面上看,似乎平淡无奇,其实却内蕴深厚,这也是韦应物的诗歌特色所在。

寄全椒山中道士①

韦应物

今朝郡斋冷,忽念山中客。

涧(jiàn)底束荆薪,归来煮白石②。

欲持一瓢酒,远慰风雨夕。

落叶满空山,何处寻行迹?

注释

①全椒:今安徽全椒县。中有神山在城西三十里,有洞极深,为道士所居。

②煮白石:葛洪《神仙传》:"白石先生者,中黄丈人弟子也。尝煮白石为粮。"比喻全椒山中道士的清高。

译文

今天在官舍里感到寂寞寒冷,忽然想念山中的故人。我想他此时正在山沟

里捆柴束薪，回来时一定是在煮白石为粮。我想带一壶酒去探望他，在这风雨之夜送给他慰藉。落叶盖满了空旷的山林，我又到哪里去寻找他的踪迹呢？

作品赏析

　　这是韦应物诗作中的一首名篇。写风雨之夜，忽然想到山中的道士，想持酒去探望，又恐怕不能相遇，所以只能写诗寄情。诗作中的形象鲜明，想象道士像神仙一样，山涧束薪，煮白石为粮，过着与世隔绝的幽独生活，富于画意。最后两句"落叶满空山，何处寻行迹"，并不着力用意，自然而来，成为绝唱，极得后人赞赏。苏东坡就非常喜欢这首诗，据许顗《彦周诗话》所记："韦苏州诗：'落叶满空山，何处寻行迹？'东坡用其韵曰：'寄语庵中人，飞空本无迹。'此非才不逮，盖绝唱不当和也。"施补华在《岘佣说诗》中说："《寄全椒山中道士》一作，东坡刻意学之而终不似。盖东坡用力，韦公不用力；东坡尚意，韦公不尚意，微妙之诣也。"全诗语言通俗，而意味幽远。

长安遇冯著①

韦应物

客从东方来，衣上灞陵雨②。

问客何为来？采山因买斧。

冥冥花正开，飏(yáng)飏燕新乳。

昨别今已春，鬓丝生几缕？

注释

　　①冯著：生卒年不详。大历三年（768）至七年曾任广州录事。

　　②灞陵：即霸陵，在今西安市东北。

译文

　　客人从东方走来，衣上还沾着霸陵的雨露。问他为什么来到此地，他说为了开山要买一把斧。鲜花正默默开放，乳燕也翩翩飞翔。去年分别到如今已是春季,他鬓边的白发又添了几缕?

作品赏析

这首诗写诗人在长安遇上因失意而意欲归隐的故友冯著(韦应物的朋友,其事已不可考,据韦应物诗所记,冯著一生清贫,怀才不遇,壮志难酬,最后也未获官职),对他表示深刻的理解和亲切的安慰。诗中描绘了明媚的春光下一片生机勃勃的景象,意在希望友人能心情开朗,并相信自己,表达了对故友的一片体贴之情。在这首诗中,诗人运用了自由活泼的古体诗歌形式,并借鉴了乐府诗歌的创作手法,笔调亲切诙谐,用典恰当。其中的"采山"出自西晋著名文学家左思的《吴都赋》"煮海为盐,采山铸钱"句,"买斧"化用了《易经·旅卦》"旅于处,得其资斧,我心不快"句。这首诗熔叙事、写景、抒情于一炉,并借助问答方式来渲染气氛,借景抒情,用诙谐风趣之方式来激励朋友。

晨诣超师院读禅经①

柳宗元

作者小传

柳宗元(773—819),字子厚,河东解(今山西运城市西南)人。贞元九年(793)中进士,又中博学宏词科,授校书郎,调蓝田尉,升监察御史里行。他和刘禹锡等人参加了王叔文集团革新政治的活动,王叔文失败后,柳宗元被贬为永州司马,十年后调柳州刺史,死于柳州。柳宗元和韩愈齐名,是唐代杰出的散文家和诗人,古文运动的倡导者之一。他的散文在文学史上有着深远的影响。其诗幽峭明净,自成一家。有《河东先生集》四十五卷,《外集》二卷。

汲井漱寒齿,清心拂尘服。

闲持贝叶书②,步出东斋读。

真源了无取,妄迹世所逐。

遗言冀可冥,缮性何由熟?

道人庭宇静③,苔色连深竹。

日出雾露余,青松如膏沐④。
澹然离言说,悟悦心自足。

注释

①诣:至。超师:名叫超的僧人。

②贝叶书:即佛经。

③道人:指超师。古时亦称和尚为道人,并非专指道士。

④膏沐:饰润皮肤的油脂。

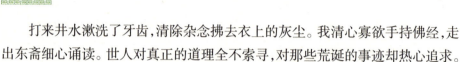
译文

打来井水漱洗了牙齿,清除杂念拂去衣上的灰尘。我清心寡欲手持佛经,走出东斋细心诵读。世人对真正的道理全不索寻,对那些荒诞的事迹却热心追求。世人熟读佛经希望得到神灵庇佑,那么我修身养性的路从何走通?道人的庭院幽静,苔色连着竹林深处。朝日初升,雾露蒸腾,青松如经过膏润梳洗。由此我心胸恬静得无法言说,悟出了道理,我高兴得心满意足。

作品赏析

这首诗为作者被贬永州时所作,抒写了他在读经时的感想。诗中叙述佛经与自己遵守的修身养性原则相矛盾,自己读之难以精熟,而在禅院所见的幽静景色则使自己心胸恬静,增添了无限的喜悦。全诗分为三个层次,第一个层次为前四句,概括了"晨诣超师院读禅经",用词精准,"闲"字奠定了全诗的抒情基调,"读"字表明了全诗的主要内容。第二个层次为中间四句,主要写了"读"(承接上文)"经"的感想,即要树立正确的对待佛经的态度。第三个层次为最后六句,由上文的"闲"字引发了诗人对寺院清净幽闲的景物的流连忘返。其中,"青松如膏沐"一句运用了拟人的修辞方法,衬托了寺院环境的清新和优美。因而诗人感悟到了真理,其感悟之深,妙不可言,可以说,达到了"此中有真意,欲辨已忘言"的境界。

乐　府

塞 上 曲①

王昌龄

蝉鸣空桑林，八月萧关道②。

出塞入塞寒，处处黄芦草。

从来幽并客③，皆共尘沙老④。

莫学游侠儿，矜夸紫骝(liú)好⑤。

注释

①《塞上曲》、《塞下曲》皆出自汉乐府的《横吹曲辞》、《出塞》、《入塞》，多写边塞战争。

②萧关：在今宁夏固原县东南，这里指边关。

③幽并：指古代的幽州和并州。幽州大致包括今河北北部及辽宁一带；并州，今河北西部和山西的一部分。

④尘沙：此句一作"皆向沙场老"或"皆共黄沙老"，指塞外沙漠之地。

⑤紫骝：指骏马。矜：自夸。

译文

秋蝉在空旷的桑林里长鸣，将士们在八月里进入了萧关道。出塞入塞都感

到一片寒意,处处都是枯黄的芦草。历来幽并二州的男儿,都在尘沙中征战到老。莫学那些游侠少年,夸耀自己的紫骝马多好。

作品赏析

这是一首边塞诗,是诗人早期的作品,也是一部具有特色的作品。这首诗记述初秋收获时分的萧瑟景象,"寒蝉""桑林""萧关""边塞""秋草"在中国古代诗歌意象中都是抒发悲情的代名词,这首诗开篇以肃杀的秋景为后面抒发感情作铺垫。此时正是北方少数民族举兵掠夺之际,歌颂了幽州、并州男儿英勇抗敌报国的精神。"从来幽并客,皆共尘沙老",与唐代著名边塞诗人王翰的《凉州词》中的"醉卧沙场君莫笑,古来征战几人回"如出一辙,以苍凉艰苦的边塞环境衬托将士们的吃苦精神,以游侠儿"矜夸紫骝好"反衬战士们的英勇善战。这首诗在描写边塞风景方面独树一帜,大有慷慨悲凉的建安遗韵,在写戍边征人方面,又有汉乐府直抒胸臆的哀怨之情。

塞 下 曲

王昌龄

饮马渡秋水,水寒风似刀。

平沙日未没,黯(àn)黯见临洮①。

昔日长城战②,咸言意气高。

黄尘足今古,白骨乱蓬蒿。

注释

①黯黯:一片阴暗。临洮:在今甘肃境内,是秦筑长城在西部的起点。

②长城战:指唐开元二年(714)八月,吐蕃扰临洮军,唐派遣薛讷等击之,同年十月,大破吐蕃于武街,斩获万人。

译文

饮好战马渡过秋天的河水,水很凉,寒风好似尖刀。平旷的沙漠上太阳还未西沉,昏暗中隐约望见远处的临洮。过去在长城边的苦战,人们都说将士们的士

气很高。自古以来沙漠上黄尘飞舞,白骨累累散在蓬蒿中。

作品赏析

　　这首诗描绘了战争的残酷。出征时水寒风冷,扎营时露宿沙漠。战后死亡惨重,白骨累累,满目悲凉。诗歌的背景是长城一带,而此处自古便是兵战纷争之地。据新旧《唐书》和《吐蕃传》等所记:开元二年(714),吐蕃以精兵十万寇临洮,朔方军总管王晙与摄右羽林将军薛讷等合兵拒之,先后在大来谷口、武街、长子等处大败吐蕃,前后杀获数万,获马羊二十万,吐蕃死者枕藉,洮水为之不流。诗中所说的"昔日长城战",指的就是这次战争。整首诗写得触目惊心,将军旅生活的艰辛和战争的残酷淋漓尽致地表达了出来,意境苍凉惨淡,气势恢弘,蕴涵了作者的非战理想。

长干行①

李　白

妾发初覆额,折花门前剧。

郎骑竹马来,绕床弄青梅。

同居长干里②,两小无嫌猜。

十四为君妇,羞颜未尝开。

低头向暗壁,千唤不一回。

十五始展眉,愿同尘与灰。

常存抱柱信③,岂上望夫台。

十六君远行,瞿塘滟滪堆④。

五月不可触,猿声天上哀。

门前迟行迹,一一生绿苔。

苔深不能扫,落叶秋风早。

八月蝴蝶黄⑤,双飞西园草。

感此伤妾心,坐愁红颜老。

早晚下三巴⑥，预将书报家。
相迎不道远，直至长风沙⑦。

注释

①《长干行》：乐府《杂曲歌辞》旧题。

②长干里：旧址在今南京市南，有大长干和小长干，靠近长江，是船民行商集中之地，《长干行》最初是这里的歌谣。

③抱柱信：语出《庄子·盗跖》篇：尾生和一女子约在桥下幽会，女子没来而忽然水涨，尾生守信不肯离开，抱着桥柱被水淹死。

④瞿塘：长江三峡之一。滟滪堆：瞿塘峡口江心的一块大礁石。

⑤蝴蝶黄：按明杨升庵的说法，蝴蝶各色都有，唯黄色一种，至秋乃多，盖感金气也。

⑥三巴：指巴、巴东、巴西三郡，相当于今嘉陵江和重庆綦江流域以东的大部。

⑦长风沙：地名，在今安徽安庆市东长江边上。

译文

　　我的头发长得刚覆盖前额，折下花枝在家门前嬉戏。你把竹竿当马骑来，我们绕着井栏投掷青梅。一同居住在长干里，你我年少，感情融洽，没有猜疑。十四岁时我嫁你为妻，怕羞的容颜总是难得改变。低头坐着面向墙角暗处，叫我一千次我也不肯回头看你一眼。十五岁时我才开始舒展双眉不再害羞，即使化为灰尘，我也愿与你相偎相依。我常想我们长相厮守，哪里会想到分离的苦楚。我十六岁时你离家远行，渡过瞿塘的险滩滟滪去经商。五月里长江涨水，你坐船我担心船夫看不清江中险礁。猿啼的长鸣哀彻天空，我担心你在旅途中发愁。门前你我走过的小路，全都生了绿苔。绿苔越来越厚，我无法打扫，树叶一天天飘落，秋风来得太早。八月里的蝴蝶长得嫩黄，一双双飞来西园戏芳草。对此我心里真悲伤，只愁美丽的容颜很快衰老。你何时东下三巴，事先要报信到家。我去迎接你不怕路远，一直走到长风沙。

作品赏析

　　李白的一生中曾经有相当长一段时间漫游在汉水流域和长江中下游一带。自六朝以来,这一带就是经济发达、商业繁荣、商人聚集之地,此地还产生了六朝乐府中的"吴声"和"西曲",有许多篇章是表现商妇与丈夫离别之情的。对于"吴声"和"西曲"李白是非常了解的,再加上他的生活经历,能够理解商妇们的思想感情,这便是他创作《长干行》的素材来源。这首诗描写一位年轻商妇的情思。通过商妇的自白,描述了他们自幼相亲相爱,初婚幸福甜蜜。丈夫入蜀经商之后,自己独守空房,寂寞难耐,热切地盼望丈夫早日归来,表达了对幸福爱情生活的向往和追求。诗人笔法细腻,把思妇的心理描写得十分贴切。清代纪昀评价:"兴象之妙不可言传,此太白独有千古处。"

❀ 游 子 吟 ❀

孟 郊

作者小传

　　孟郊(751—814),字东野,湖州武康(今浙江德清)人。贞元十二年(796)中进士。曾任溧阳县尉。其诗极为韩愈所推崇,后人并称"韩孟"。又与贾岛齐名,人称"郊寒岛瘦"。所作多五言古体,表现力很强,词意透辟,而气度恢弘不足。因他感伤遭遇,抒情哀苦,读之使人惨戚无欢,元好问曾称之为"诗囚"。有《孟东野诗集》十卷。

慈母手中线,游子身上衣。

临行密密缝,意恐迟迟归。

谁言寸草心,报得三春晖①!

注释

①春晖:春天的阳光,比喻母爱。

译文

慈母手中拿着针线,缝制着游子身穿的寒衣。临行前一针一线细密地缝,生怕儿子迟迟不归。小草向着太阳,就像儿女心向母亲,儿女那小草一般的情,哪报得了母亲太阳般的恩!

作品赏析

这首诗是孟郊诗歌的代表作,也是最为脍炙人口的一篇佳作。这首诗歌颂了人类最崇高的母爱。诗人从最平常的生活细节入手,描述了母亲对儿子的细微关怀,表达了慈母念子、游子思亲的感情。最后两句以小草与太阳之间的关系作比喻,对前四句进行了升华,对母爱进行热情的歌颂,诗人还运用反问的手法,读罢令人回味无穷。宋代文学家苏轼在《读孟郊诗》中说:"诗从肺腑出,出则愁肺腑。"作者以质朴的语言写出了自己的亲身体验,引起了读者的共鸣,所以此诗被广为传诵,成为千古名篇。

小百科 XiaoBaiKe

唐代宣城女子史凤色艺双绝,不仅长得貌美如花,还精通琴、棋、书、画。经常有年轻男子慕名来访,希望结交为友。可是,很多人往往不能得偿所愿。原来她会客有一个规矩:若要相见,必先献诗,看中诗文,方可一见,进而结交为友。如果诗词不中意,她就叫家里人在门口以一碗羹相待,婉言相拒。时日一久,来访之客如若见羹,也就心领神会,主动告辞了。这个故事流传到后世,人们便把"闭门羹"作为拒绝的代名词了。

七言古诗

登幽州台歌①

陈子昂

作者小传

　　陈子昂(659—700),字伯玉,梓州射洪(今四川射洪)人。唐高宗文明年间进士。武后时,官至右拾遗。万岁通天元年(696)随武攸宜征讨契丹。后解职归乡,为县令段简陷害,死于狱中。陈子昂的诗词意激昂,风格高峻,对唐代诗歌发展有较大影响。有《陈伯玉集》。

前不见古人,后不见来者。
念天地之悠悠,独怆然而涕下!

注释

　　①幽州台:本名蓟北楼,遗址在今北京市。

译文

　　我出生得太晚,没能见到古代的俊贤;人生有限,我也无法见到未来的俊贤。我深深地感到宇宙广阔无限,时光漫长绵延,唯独我孤独悲伤得热泪涟涟。

作品赏析

　　《登幽州台歌》这首诗是诗人创作的诗歌中最为著名的一首古体诗。它是一首吊古伤今的生命悲歌。这首诗作于万岁通天元年(696),武则天派建安王武攸宜征契丹,陈子昂以右拾遗身份随军参谋。武攸宜出身亲贵,不晓军事,陈子昂曾献奇计,未被采纳。这首诗是作者从军时的失意之作。诗人满怀着不能实现抱负的悲愤,登蓟北楼赋诗,抒发了自己生不逢时的伤感。虽有远大的抱负和才干,却遇不到一个赏识他、同他一起建功立业的知音,因而感到孤单无助。登上幽州台,感念宇宙广阔无边,时间悠远漫长,个人生命有限,因壮志难酬而涕下,具有深刻的典型社会意义。在用词造语方面,诗人深受《楚辞》的影响,尤其是《远游》篇。《远游》中说:"惟天地之无穷兮,哀人生之长勤。往者余弗及兮,来者吾不闻。"这首诗就化用了此诗句,然而意境却更苍茫遒劲。

古　意

李颀

作者小传

李颀(? —约753),河南颍阳(今河南登封西)人。开元二十三年(735)中进士。长期未得升迁,后弃官归隐。其诗内容和体裁都很广泛,尤以边塞诗著称。诗风豪放雄浑,不乏慷慨激昂之作。其七言歌行及律诗尤为后世所推崇。《全唐诗》编存其诗为三卷。

男儿事长征,少小幽燕客。
赌胜马蹄下,由来轻七尺。
杀人莫敢前,须如蝟毛磔①(zhé)。
黄云陇底白云飞,未得报恩不得归。
辽东小妇年十五,惯弹琵琶能歌舞。
今为羌笛出塞声②,使我三军泪如雨。

注释

①蝟毛磔:蝟即刺猬,此句指像刺猬一样纷张。
②羌笛:古羌族为我国少数民族之一,聚居今四川境内。陈旸《乐书》:

"羌笛五孔,马融谓出于羌中,旧制四孔而已,京房加一孔,以备五音。"

译文

男子汉看重从军远行,特别是那些从小生长在幽燕的侠客。为胜负奔驰在战场,身家性命常丢在一旁。杀敌时奋勇当先,胡须如猬毛一样张开。骑着战马如黄云白雪般在原野上飞奔,未报答君恩决不返回。辽东的一位少妇年方十五,善弹琵琶又会歌舞。她用羌笛吹起出塞曲,使三军将士泪落如雨。

作品赏析

这首诗是一首拟古诗,歌颂战士的英勇豪情和誓死报国的壮志。全诗通过将边疆男儿的形象栩栩展现、精细刻画,表现了他们的豪侠浪漫情怀和身处边塞思念故乡的感情。全诗共十二句,气势奔腾,抑扬顿挫。诗的前六句一气呵成,到"须如猬毛磔"句顿住,第七句"黄云陇底白云飞"便转而宕开去,第八句"未得报恩不得归"又是一个顿挫。第九句和第十句掷笔凌空,忽现辽东小妇"惯弹琵琶能歌舞",内容上貌似与上文无关,第十一句中的"羌笛"和"出塞"与上文的"幽燕"和"辽东"遥相呼应。最后一句"使我三军泪如雨",包含了首句的"男儿",这样,整首诗血脉豁然贯通,水到渠成。诗人在简短的篇章中,表达了尺幅千里的气势,这在诗人其他的诗歌中是罕见的。这首诗因是拟古体,故节奏韵律淋漓,情韵并茂。

听董大弹胡笳兼寄语房给事①

李颀

蔡女昔造胡笳声②,一弹一十有八拍。
胡人落泪沾边草,汉使断肠对归客。
古戍苍苍烽火寒,大荒沉沉飞雪白。
先拂商弦后角羽③,四郊秋叶惊摵(zhé)摵。
董夫子,通神明,深山窃听来妖精。

言迟更速皆应手，将往复旋如有情。
空山百鸟散还合，万里浮云阴且晴。
嘶酸雏雁失群夜，断绝胡儿恋母声。
川为净其波，鸟亦罢其鸣。
乌孙部落家乡远④，逻娑(suō)沙尘哀怨生。
幽音变调忽飘洒，长风吹林雨堕瓦。
迸泉飒飒飞木末⑤，野鹿呦呦走堂下⑥。
长安城连东掖垣⑦，凤凰池对青琐门⑧。
高才脱略名与利，日夕望君抱琴至。

注释

①董大：名庭兰，曾为房琯门客。善弹琴，名重当时。房给事：名琯，给事中是官名。

②蔡女：指蔡琰，东汉文学家蔡邕之女，汉末被匈奴掳去，生二子。建安十二年(207)曹操遣使将她赎回。据《蔡琰别传》载，她在匈奴时作《胡笳十八拍》，作琴曲以见志。

③商弦、角羽：古琴有五音，为宫、商、角、徵、羽，加少宫、少商为七音。商弦快，角音长，羽音低。

④乌孙：古族名。

⑤木末：树梢。

⑥呦呦：鹿鸣声。

⑦东掖垣：唐代门下、中书两省，在皇宫的东西两边，像人之两腋，房琯所任的给事中属门下省，称东掖垣。

⑧凤凰池：中书省的美称，主管起草诏令。

译文

从前蔡琰用胡笳调谱乐章，谱成了《胡笳十八拍》。胡人听着此曲，落泪沾湿了边塞上的荒草，汉使面对归汉的文姬也悲伤断肠。一路上只见哨所深黑，烽火台还透着战争的寒意，边地的原野一片阴沉，飞舞着白雪。董大弹了商调又弹角羽,郊外秋叶如惊风吹落。董大技艺高,高超的技艺能感召神灵,深山老林的妖精也赶来偷听。慢弹快弹都弹得得心应手,指法往返凝聚着深情。那琴声如空山的飞鸟飞散又合拢,万里浮云聚拢变阴忽又云散天晴。弹奏雏雁在黑夜里失群哀叫,就像那胡儿与母亲分离时的哭音。江河风平浪静,鸟也不再啼鸣。琴声倾诉了乌孙公主远离家乡的思念,文成公主嫁与异邦的哀怨之情。幽怨的音调忽然变得高昂飘洒,如大风掀起了林涛,屋顶的瓦面响着阵阵的雨声。如流泉飞泻飘落在树枝,如林中的野鹿在堂下呦呦啼鸣。长安城的皇宫东连着房公的官府墙,出门面对着皇帝的宫门。你才高不被名利累,夕阳下盼着董大抱琴来。

作品赏析

　　这首诗赞扬了董大以琴声弹奏胡笳曲的高超技艺。从《胡笳十八拍》的由来,展现了蔡琰身陷异域的历史画面。以自然界生动形象的比喻描写了琴曲音调的变化和琴曲的内容形象,把蔡琰、乌孙公主、文成公主远嫁他乡的哀怨之情和故国之思连成一片,使人如闻其声,同感其情。在具体的音乐描绘中,倾注了作者悲伤、喜悦、哀怨之情,想象十分丰富。最末两句赞扬了房琯不重名利重艺术的品德,表现了对董大得遇知音的钦羡。全诗巧妙地将董大的优美琴声和历史人物结合起来,不仅周全细致,还水到渠成,读罢令人有酣畅淋漓之感,在古典诗歌中,是一首较早描写音乐的好诗。该诗音律错落有致,仄韵与平韵交替,以仄韵起又以仄韵结束,极富美感。

夜归鹿门歌①

孟浩然

山寺鸣钟昼已昏,渔梁渡头争渡喧②。
人随沙岸向江村,余亦乘舟归鹿门。
鹿门月照开烟树,忽到庞公栖隐处③。
岩扉松径长寂寥,唯有幽人独来去。

注释

①鹿门:山名,在今湖北襄阳东南。

②渔梁:地名,亦名鱼梁。

③庞公:即庞德公。

译文

日入黄昏,山中的寺院敲响了晚钟,渔梁渡口的人们争着渡河,语声喧哗。人们沿着沙岸向江村走去,我也乘船回到鹿门山。明月照耀着鹿门山树色分明,一会儿来到庞公隐居的地方。岩壁当门,松林夹路,空洞寂静,来去无拘只有我这个幽居的人。

作品赏析

《夜归鹿门歌》一题为《夜归鹿门山歌》。据《襄阳记》所载:"鹿门山旧名苏岭山。建武中,襄阳侯习郁立神祠于山,刻二石鹿夹神庙道口,俗因谓之鹿门庙,后以庙名为山名,并为地名也。"这首诗写诗人黄昏从渔梁渡口乘船回鹿门山时的情景。描绘了渡口人们争渡的热闹场面和自己回山时山中的幽静景象。两种场面互相衬托,表现了诗人心境的恬静和隐者无拘无束的自由生活。诗中所描写的时间和地点的变化——从日暮降临到明月悬空,从汉江舟行到鹿门山途,事实上是诗人从尘世到归隐的过程。整首诗笔调清新,结构自然,意境优美,风格洒脱,技巧成熟,深入浅出,曾有人评价孟浩然的诗为"气象清远,心惊孤寂",《唐音癸签》中赞扬其为"出语洒落,洗脱凡近"。

梦游天姥吟留别①

李 白

海客谈瀛(yíng)洲②,烟涛微茫信难求。

越人语天姥(mǔ),云霓明灭或可睹。

天姥连天向天横,势拔五岳掩赤城③。

天台四万八千丈④,对此欲倒东南倾。

我欲因之梦吴越,一夜飞度镜湖月。

湖月照我影,送我至剡(shàn)溪⑤。

谢公宿处今尚在⑥,渌水荡漾清猿啼。

脚著谢公屐(jī),身登青云梯⑦。

半壁见海日,空中闻天鸡⑧。

千岩万转路不定,迷花倚石忽已暝。

熊咆龙吟殷岩泉,栗深林兮惊层巅。

云青青兮欲雨,水澹澹兮生烟。

列缺霹雳,丘峦崩摧。

洞天石扉,訇(hōng)然中开。

青冥浩荡不见底,日月照耀金银台⑨。

霓为衣兮风为马,云之君兮纷纷而来下⑩。

虎鼓瑟兮鸾回车⑪,仙之人兮列如麻⑫。

忽魂悸以魄动,恍惊起而长嗟(jiē)。

惟觉时之枕席,失向来之烟霞。

世间行乐亦如此,古来万事东流水。

别君去兮何时还,且放白鹿青崖间⑬,

须行即骑访名山。

安能摧眉折腰事权贵⑭,使我不得开心颜!

注释

①天姥:山名,在今浙江新昌东北。

②瀛洲:《史记·秦始皇本纪》:"齐人徐市等上书言海中有三神山,名曰蓬莱、方丈、瀛洲,仙人居之。"

③赤城:山名,在今浙江天台北。

④天台:山名,在今浙江省东部。

⑤剡溪：在今浙江嵊州南，曹娥江的上游。周围多名山，历代诗人吟咏很多。

⑥谢公：指南朝诗人谢灵运，他游天姥时，在剡溪投宿。

⑦谢公屐：《晋书·谢灵运传》："寻山陟岭，必造幽峻……登蹑常著木屐，上山则去其前齿，下山去后齿。"青云梯：指上山的石级。

⑧天鸡：古代神话传说，东南桃都山有一棵大树叫桃都，枝间三千里，上有天鸡，任昉《述异记》："日初照此木，天鸡则鸣，天下之鸡皆随之鸣。"

⑨金银台：神话中神仙的住处。

⑩云之君：即云神，屈原《九歌》中有《云中君》篇。

⑪虎鼓瑟：语出《西京赋》："总会仙侣，戏豹舞黑。白虎鼓瑟，苍龙吹箎。"鸾回车：典出《太平御览》："太微之帝，登白鸾之车。"

⑫"仙之人"句：典出上元夫人《步元曲》："忽过紫微垣，真人列如麻。"喻仙人众多。

⑬白鹿：传说中神仙所骑的神兽。

⑭摧眉：低头垂眉。折腰：弯腰。

译文

　　航海的人谈起瀛洲，说它在大海烟波浩渺之中，实在难以找到。越中人向我谈起天姥山的奇景，说它在云霞中忽隐忽现或许可以看见。天姥山与天相接横断天空，山势高过了五岳，遮蔽了赤城。天台山高过四万八千丈，面对天姥像要向东南斜倾。我因越中人谈起天姥，梦中到了吴越，一夜之间在明月下飞到了镜湖。湖上的明月照着我的身影，伴着我到了剡溪。谢公当年的住处至今还在，清水荡漾，猿声凄清。我穿上谢公当年的登山木屐，登上高峻的山岭。半山腰上就看见太阳从海上升起，听到在半空中啼鸣的天鸡。我在重重叠叠的山岩中千回百转，辨路不清，迷恋着鲜花，依倚着奇石，日色已经昏沉。熊在咆哮，龙在长吟，岩石和泉水间发出轰鸣，深林在战栗，山峰受震惊。云黑沉沉的像要下雨，水波荡漾升起白烟。电光闪闪，雷声隆隆，山峦为之崩塌。仙府的石门，訇的一声敞开。仙府的天地辽阔无边，日月的光辉照耀着神仙住的金银台。他们穿着彩霞，以长风为骏马，云中君带着众仙纷纷从天上降下。老虎弹琴，鸾鸟驾车，众神仙排列得密密麻麻。忽然间我的魂魄震动，猛然间醒来感慨长叹。醒来后只见枕头和床席，失去了梦中的烟雾云霞。人世间的快乐也如梦中幻影，自古以来万事如东逝的流水。离别你们而去,何时才能回还?我暂且把白鹿放在青青的山崖边,要走时就骑着它去寻访名山。我怎能低头弯腰去侍奉权贵,使我的心怀永远不能舒坦呢!

作品赏析

　　李白在天宝三年(744)被赐金放还,离开长安来到山东,第二年又要离开山东,南游吴越。诗人在离开山东之前写下这首诗,作为给朋友们的留别纪念。诗人用浪漫主义手法,通过梦游,抒发了对名山大川和神仙世界的热烈向往。作者对神奇美好的神仙世界进行了热烈的歌颂,以此来鞭挞黑暗的现实,大胆地表露了他对权贵们的鄙弃和蔑视,对自由和理想生活的追求。诗歌把梦境的由来、云霞的明灭、众仙的往来、梦境的消失和谐地统一在丰富的想象和大胆的夸张中。诗句的长短和节拍的缓急随感情的起伏而灵活多变。全诗以七言为基调,交叉运用了四言、五言、六言和九言,却浑然一体,非常协调,显示了李白诗歌的艺术特色。曾有人评价李白诗"虽千变万化,如珠之走盘,自不越乎法度之外"。

小百科/XiaoBaiKe

　　历史上,牵机药与钩吻、鹤顶红三毒并列,是皇帝赐死妃子和大臣的有名毒药。相传"南唐后主"李煜就是被宋太宗以牵机药毒死。牵机药实际上就是中药马钱子。马钱子的种子性寒、味苦,有通络止痛、散结消肿的功效,常用于中医治疗。但什么都有个度,如果马钱子用药过量,因其对中枢系统亲和力极强,解力困难,过量服用后就会出现颈项僵硬、瞳孔放大、呼吸困难、全身抽搐等症状,若不及时治疗,可能因呼吸系统麻痹而死亡。

金陵酒肆留别①

李 白

风吹柳花满店香,吴姬(jī)压酒劝客尝②。
金陵子弟来相送,欲行不行各尽觞。
请君试问东流水,别意与之谁短长?

注释

①金陵:今江苏省南京市。酒肆:即酒店。
②吴姬:吴地的女子,这里指酒店里劝酒的侍女。

译文

和风吹着柳花,酒店里透着清香,吴地酒家女捧出美酒,热情地劝客品尝。金陵的年轻人前来送我,我与大家尽情地举觞。请你们试问东去的流水,我们之间的离情别意与它相比,谁短谁长?

作品赏析

这是一首在酒席间留别送行的诗。前两句描写了江南的秀美风景,诗人充分调动了视觉、嗅觉和听觉,正如钟惺称赞说:"不须多亦不须深,写得情出。"诗中的"劝"有的版本中又作"唤",诗中的"柳花"就是柳絮,它本来并没有香味,但却被诗人闻到了,明代文学家杨慎曾说:"实柳花亦有微香,诗人之言非诬也;柳花之香,非太白不能道;竹之香,非子美不能道。"意即心清闻妙香。三、四句写朋友为诗人送行的场面,相送者殷勤劝酒,不忍分别,告别者"欲行不行"无限留恋。表现了诗人和金陵的年轻人的深厚情谊。此诗即景生情,就地取譬。最后两句"请君试问东流水,别意与之谁短长",运用了拟人、对比和反问的表现手法,构思新颖奇特,表达了相互间深切的离情别意,感染力极强。沈德潜评价此诗说:"语不必深,写情已足。"

宣州谢朓楼饯别校书叔云①

李白

弃我去者昨日之日不可留，

乱我心者今日之日多烦忧。

长风万里送秋雁，对此可以酣（hān）高楼。

蓬莱文章建安骨②，中间小谢又清发③。

俱怀逸兴壮思飞，欲上青天揽明月。

抽刀断水水更流，举杯销愁愁更愁。

人生在世不称意，明朝散发弄扁舟④。

注释

①宣州：旧市名，在安徽省东南部。校书：秘书省校书郎的简称。叔云：诗人的族叔李云。

②蓬莱：是传说中的海上神山，相传仙府的图书都藏在这里。建安：是汉献帝的年号，其时曹操父子和建安七子所作诗文刚健清新，后称为"建安风骨"。

③小谢：指谢朓，由于南朝还有另一著名诗人谢灵运在谢朓之前，后人便称其为小谢。

④散发：意谓抛弃冠簪。扁舟：小船。

译文

过去的岁月弃我而去，不能挽留；现在的时日扰乱着我的心，使我有许多烦忧。万里长风吹送着秋雁，面对这美好的秋景我酣饮在这高楼。建安时期的诗文是最美好的文化，六朝的谢朓诗文清新俊秀。他们的诗文洋溢着超远的兴致和刚健的风骨，就如登上青天采摘明月。我抽出宝剑欲斩断流水，流水却越发向前奔流；我举起酒杯欲浇灭忧愁，忧愁不灭却更加烦愁。我在这人世间多不如意，明天披头散发去驾小舟。

作品赏析

　　这首诗是诗人在宣城与族叔李云饯别时所作,抒发了诗人对黑暗政治的憎恨,对文学事业的重视,对豪门权贵的鄙弃。诗中表现了诗人怀才不遇、满怀忧愁但豪爽磊落的胸怀。全诗构思新颖,起落无迹。开头没有写楼,也没有叙别之情,而是以写愁绪抒发愤懑开头。接下来转而写秋景点题,面对辽阔明净的天空,遥望那万里长风送鸿雁的壮美景色,诗人不禁意气风发,不觉精神为之一振,烦恼为之一扫。继而评论古人,将自己比为谢朓,表现了诗人的自信。最末表示与黑暗现实决绝。在这突如其来、戛然而止的结构中,表现着作者波涛奔腾般的痛苦之情。整首诗意境壮阔,气概豪放,语言自然流畅,又大气恢弘。是李白诗作中的名篇之一,其中的"弃我去者昨日之日不可留,乱我心者今日之日多烦忧"、"抽刀断水水更流,举杯销愁愁更愁"、"人生在世不称意,明朝散发弄扁舟"等皆是脍炙人口的佳句。

走马川行奉送出师西征①

岑 参

　　君不见,走马川行雪海边②,平沙莽(mǎng)莽黄入天。

　　轮台九月风夜吼,一川碎石大如斗,随风满地石乱走。

　　匈奴草黄马正肥,金山西见烟尘飞③,汉家大将西出师。

　　将军金甲夜不脱,半夜军行戈相拨,风头如刀面如割。

　　马毛带雪汗气蒸,五花连钱旋作冰,幕中草檄砚水凝。

　　虏骑闻之应胆慑,料知短兵不敢接,车师西门伫献捷④。

注释

　　①走马川:又名左末河。地名,在今新疆地区。行:乐府和古诗的一种体裁,犹言乐章。

　　②雪海:地名。泛指西域一带地区。

　　③金山:即阿尔泰山,在今新疆维吾尔自治区北部和蒙古国西部。

④车师：地名，唐安西都护府所在地，在今新疆维吾尔自治区吐鲁番附近。

译文

你们可曾见，荒凉的走马川，白茫茫的雪海边，黄沙莽莽遮蔽了蓝天。九月的轮台半夜里狂风怒吼，满川的碎石大如斗，随着狂风碎石满地乱走。匈奴的牧草金黄，马匹养得正肥，可远远望见阿尔泰山的西边烽烟翻飞，唐朝大将率军向西出征。将军的铠甲整夜未脱，半夜里行军只听见戟戈相碰，寒风如刀，面如刀割。飞驰的战马带雪归来热气腾腾，一会儿就可见花纹上凝结的冰，在帐幕里起草讨贼的檄文，砚池里的墨水一会儿就被冻结。叛军听闻战书心惊胆战，料定叛军不敢与我军短兵相接，天子的使臣只管在车师西门等候将士们献俘报捷了。

作品赏析

这是一首边塞诗。诗的开头描写了边塞的自然风景，即狂风怒吼，飞沙走石，遮天蔽日，将塞外的险恶环境生动地勾勒出来了。接着写将士们英勇抗敌的情景，"烟尘飞"三字形容烽烟和敌人战马卷起的尘土一起飞扬，一语双关，既表明了匈奴军旅的气势，又说明了唐军已经作好了准备。"马毛带雪汗气蒸，五花连钱旋作冰，幕中草檄砚水凝"句中，诗人巧妙地抓住"砚水凝"这一细节，将战士们的战斗豪情淋漓尽致地表现出来。这样的军队当然可以战无不胜、攻无不克。这自然而然地引出了最后三句。这首诗通过对封常清出征情况的描绘，热情歌颂了唐军将士为了维护国家的统一，不畏艰难、英勇赴敌的战斗精神。全诗用韵，三句一换，节奏急促，变化灵活，与慷慨激昂的情绪、英勇乐观的精神相结合，形式上具有独创性。

白雪歌送武判官归京

岑 参

北风卷地白草折①，胡天八月即飞雪。

忽如一夜春风来，千树万树梨花开。

散入珠帘湿罗幕，狐裘(qiú)不暖锦衾薄。

将军角弓不得控，都护铁衣冷难着。

瀚海阑干百丈冰，愁云惨淡万里凝。

中军置酒饮归客，胡琴琵琶与羌笛。

纷纷暮雪下辕门，风掣(chè)红旗冻不翻。

轮台东门送君去，去时雪满天山路②。

山回路转不见君，雪上空留马行处。

注释

①白草：《汉书·西域传》："鄯善国多白草。"颜师古注："白草，草之白者，似莠而细，无芒，其干熟时正白色，牛马所嗜也。"

②天山：在今新疆中部。

译文

　　北风卷地而来，白草都被吹折，边塞八月里就飘飞着白雪。忽然就如一夜之间春风吹来，千万树梨花处处盛开。雪花飘进珠帘沾湿了罗幕，穿着狐皮袍感受不到温暖，盖着丝棉被也觉得单薄。将军的双手冻得拉不开弓，都护的铠甲冷得难以穿戴。沙漠纵横，处处冰天雪地。天空昏暗，凝聚着万里阴云。营帐中设下酒席宴请归京的客人，为助酒兴弹奏起胡琴琵琶，吹奏起羌笛。暮色昏沉，辕门外大雪仍在纷纷飘落。寒风猛吹，红旗被冻结不再翻滚。我站在轮台的东门送你离去，你离去时大雪覆盖了天山的道路。道路在山中盘旋，渐渐地我见不到你的身影，雪地上只留下你骑马踏过的蹄印。

作品赏析

　　这首诗是岑参的代表作之一，写于他第二次出塞时期。诗以壮丽的北国雪景为背景，描绘了一幅壮阔的送别场面。"忽如一夜春风来，千树万树梨花开"，热情地歌颂了壮丽的山河，画面广阔，气象万千，读罢令人无不叫绝，成为千古名句。诗中描绘边塞天气奇寒，"狐裘不暖锦衾薄"，"都护铁衣冷难着"，但并无半点畏难情绪和战争的哀愁，将士们仍洋溢着镇守边疆的热情。诗人在暮雪中望着友人离去的场面，充满着诗情画意。全诗以雪为线索，写雪景由外到内，再

到送别,为我们描绘了一幅塞外风雪送客图,层次井然有序;内容丰富多彩,意境鲜明独特,极富艺术感染力;色彩瑰丽浪漫,气势恢弘,大气磅礴;基调积极乐观、昂扬奋发,被称为大唐盛世的压卷之作。

观公孙大娘弟子舞剑器行并序

杜 甫

　　大历二年十月十九日,夔府别驾元持宅见临颍李十二娘舞《剑器》,壮其蔚跂,问其所师,曰:"余公孙大娘弟子也。"开元五载,余尚童稚,记于郾城观公孙氏舞《剑器》、《浑脱》,浏漓顿挫,独出冠时。自高头宜春、梨园二伎坊内人泊外供奉,晓是舞者,圣文神武皇帝初,公孙一人而已。玉貌锦衣,况余白首;今兹弟子,亦匪盛颜。既辨其由来,知波澜莫二。抚事慷慨,聊为《剑器行》。昔者吴人张旭,善草书书帖,数常于邺县见公孙大娘舞西河《剑器》,自此草书长进,豪荡感激,即公孙可知矣。

昔有佳人公孙氏,一舞《剑器》动四方。

观者如山色沮丧,天地为之久低昂。

㸌如羿射九日落①,矫如群帝骖(cān)龙翔②。

来如雷霆收震怒,罢如江海凝清光。

绛唇珠袖两寂寞,晚有弟子传芬芳。

临颍美人在白帝③,妙舞此曲神扬扬。

与余问答既有以,感时抚事增惋伤。

先帝侍女八千人,公孙《剑器》初第一。

五十年间似反掌,风尘澒(hòng)洞昏王室。

梨园弟子散如烟,女乐馀姿映寒日。

金粟堆南木已拱,瞿塘石城草萧瑟。

玳(dài)筵急管曲复终,乐极哀来月东出。

老夫不知其所往,足茧荒山转愁疾。

注释

①羿射:传说"尧时十日并出,尧令(后)羿射中九日"。

②群帝:即群仙。骖龙翔:驾龙飞翔。

③白帝:城名,故址在今四川奉节县东,这里指夔州。

译文

大历二年(767)十月十九日,在夔州别驾元持家观看临颍李十二娘舞《剑器》。我感佩她的舞姿光彩照人,问她是跟谁学的,她说她是公孙大娘的学生。开元五年(717)的时候,我还是个孩子。记得在郾城观看公孙大娘舞《剑器》、《浑脱》,舞姿酣畅活泼,节奏明快,在当时独特出众,名冠一时。从居宫中的宜春院、梨园艺人到居宫外的舞女,通晓这种舞蹈的,在玄宗初年,只有公孙大娘一人而已。当时的公孙大娘,容貌娇美,服饰华丽,如今我已是满头白发,就连她的弟子也不年轻了。从她们的师承关系可以看出,她们的舞技风格是一脉相承的。我追忆往事,感慨万千,姑且作《剑器行》这首诗。从前吴地人张旭擅长以草书写书帖,他曾经多次到邺县观看公孙大娘舞西河《剑器》,从此草书大有长进,字体豪放飞扬,饱含着激情。公孙大娘舞技的高超就可想而知了。

从前有一位姓公孙的美人,一舞起《剑器》就名震四方。观看舞蹈的人人山人海,舞技惊座,人们面容变色,天地也好像随着舞蹈在起伏,久久地时低时昂。剑光闪耀如后羿把九个太阳射落,舞姿矫健如天帝驾着祥龙飞翔。鼓乐骤歇,舞者登场,如雷霆万钧突然停止震响。剑舞终止,全场寂静,如江海凝聚着清光。公孙大娘亡故,人们再也听不到她的剑舞声响。幸好后来的弟子李十二娘把她的舞艺传扬。临颍美人来到白帝城,奇妙地把《剑器》舞得神采飞扬。回答我的提问她道出了原委,追忆往事,感念时势,增添我的惋惜与悲伤。先帝的艺人有八千,公孙的《剑器》舞本来就数第一。五十年时光流逝如反掌,战火接连不断,王室走向衰亡。梨园弟子四处分散如飘荡的云烟,只有李十二娘的舞姿尚有盛唐风韵,与这孟冬的寒日相映。金粟山前先帝陵墓的树木已能合抱,瞿塘峡旁白帝城的荒草萧瑟。弦管乐曲已终止,乐往哀来,寒月已在东方升起。我这老头不知该走向何处,多年来在荒山上奔走,脚底起了老茧,越来越愁苦。

作品赏析

有人认为杜甫是以诗为文,韩愈是以文为诗。此诗就是杜甫以诗为文的代表。这首诗借观看公孙大娘弟子舞《剑器》,抒发了对大唐昔盛今衰的感慨。诗歌的序文已表明了"抚事慷慨"的主题。序和诗的前半部极力描绘公孙大娘舞《剑器》的盛况,借以体现大唐中兴时期的强盛风貌。而后半部分观李十二娘的剑舞,虽是师承关系,保持着大唐中兴的余韵,但引起了诗人对大唐昔盛今衰无尽的感慨。梨园弟子烟消云散,先帝墓木已拱,自己年迈多病还在四处漂泊,更增加了无穷的忧郁和悲愁。清代的仇兆鳌在《杜诗详注》中评价这首诗为:"此诗见剑器而伤往事,所谓抚事慷慨也。故咏李氏,却思公孙;咏公孙,却思先帝;全是为开元天宝五十年治乱兴衰而发。不然,一舞女耳,何足摇其笔端哉!"

山 石

韩愈

作者小传

韩愈(768—824),字退之,河南河阳(今河南孟州南)人,后世称韩昌黎,又称韩文公。贞元八年(792)进士,历任京兆尹、兵部侍郎、监察御史,因上书言事,屡遭贬谪。韩愈反对六朝以来骈偶的文风,提倡散体,倡导了唐代的古文运动。其文遒劲有力、条理畅达、语言精练,为文学史上杰出的散文家;其诗兼学李杜,而又自成一家。其艺术上最大的特色是雄健奇崛和以文为诗。有《昌黎先生集》四十卷,《外集》十卷。

山石荦(luò)确行径微,黄昏到寺蝙蝠飞。

升堂坐阶新雨足,芭蕉叶大栀子肥。

僧言古壁佛画好,以火来照所见稀。

铺床拂席置羹饭,疏粝亦足饱我饥。

夜深静卧百虫绝,清月出岭光入扉。

天明独去无道路,出入高下穷烟霏。

山红涧碧纷烂漫,时见松枥皆十围。

当流赤足踏涧石,水声激激风吹衣。

人生如此自可乐,岂必局束为人鞿(jī)?

嗟哉吾党二三子①,安得至老不更归!

注释

①吾党:典出《论语·公冶长》:"归与!归与!吾党之小子狂简。"朱熹注:"吾党小子,指门人之在鲁者。"这里是指志同道合的人。二三子:语出《论语·述而》:"吾无行而不与二三子者,是丘也。"这里当几位解。

译文

山间的石头小路崎岖不平而又狭窄,黄昏时进入寺院只看见蝙蝠在飞。进入客堂我坐在台阶上观寺院风景,刚下足了雨,芭蕉叶特别大,栀子的花朵也分外肥。寺僧告诉我古壁上的佛画很精彩,用灯火照着让我观看,的确是少见的好画。寺僧给我准备了床铺、置办了饭菜,糙米饭也足以充饥。深夜里我静静躺卧,听不见虫声唧唧,朗月从山岭那边升起,把清光洒进了窗户。天明时我独自去漫游,道路在雾中难以辨认。我走出一个山谷,又进入一个山谷,直到云雾散尽。山中的红花与涧下的碧水相互辉映,时而看见十多围粗的松树、枥树。遇着溪水我赤脚踏涧而过。水声汩汩,和风阵阵吹我衣。人生在世能享受这样幽雅的风景,自然非常快乐,何必拘拘束束受别人控制。唉,与我志同道合的那几位朋友,怎样才能使得他们到老都不愿回归?

作品赏析

这首诗通过记述黄昏到寺、夜深宿寺、天明离寺的游历过程,描绘了寺里山间的景色,洋溢着对大自然的热爱与向往之情,流露出对政治失意的不平。此诗题为《山石》,但并非咏山石,内容是一篇诗体的山水游记。从这首诗中可以看出韩愈"以文为诗"的特色,运用了散文化的语言和章法,采用"赋"的表现手法。全诗二十一句,一韵到底。这首诗受到了后人的推崇和重视,影响深远。苏轼在与友人游南溪时,朗诵了这篇《山石》。金代元好问在《论诗》中评价:"有情芍药含春泪，无力蔷薇卧晚枝。拈出退之《山石》句，始知渠是女郎诗。"元好问还在《中州集》壬集第九中说："予尝从先生学，问作诗究竟当如何？先生举秦少游《春雨》诗为证，并云：'此诗非不工，若以退之芭蕉叶大栀子肥之句校之，则《春雨》为妇人语矣。'"可见此诗的魅力和独到之处。

石 鼓 歌①

韩 愈

张生手持石鼓文②，劝我试作石鼓歌。
少陵无人谪仙死，才薄将奈石鼓何？
周纲陵迟四海沸，宣王愤起挥天戈③。
大开明堂受朝贺④，诸侯剑佩鸣相磨。
蒐于岐阳骋雄俊⑤，万里禽兽皆遮罗。
镌功勒成告万世，凿石作鼓隳嵯峨。
从臣才艺咸第一，拣选撰刻留山阿。
雨淋日炙野火燎，鬼物守护烦挐呵。
公从何处得纸本？毫发尽备无差讹。
辞严义密读难晓，字体不类隶与蝌⑥。
年深岂免有缺画，快剑斫断生蛟鼍。
鸾翔凤翥众仙下，珊瑚碧树交枝柯。
金绳铁索锁纽壮，古鼎跃水龙腾梭。
陋儒编诗不收入⑦，二雅褊迫无委蛇⑧。
孔子西行不到秦，掎(jǐ)摭星宿遗羲娥。
嗟余好古生苦晚，对此涕泪双滂沱。
忆昔初蒙博士征，其年始改称元和。
故人从军在右辅⑨，为我度量掘臼科。
濯冠沐浴告祭酒，如此至宝存岂多。

毡包席裹可立致，十鼓只载数骆驼。

荐诸太庙比郜鼎⑩，光价岂止百倍过！

圣恩若许留太学，诸生讲解得切磋。

观经鸿都尚填咽⑪，坐见举国来奔波。

剜苔剔藓露节角，安置妥帖平不颇。

大厦深檐与盖覆，经历久远期无佗。

中朝大官老于事，讵肯感激徒媕娿。

牧童敲火牛砺角，谁复著手为摩挲？

日销月铄就埋没，六年西顾空吟哦⑫。

羲之俗书趁姿媚，数纸尚可博白鹅⑬。

继周八代争战罢，无人收拾理则那？

方今太平日无事，柄任儒术崇丘轲。

安能以此上论列，愿借辩口如悬河⑭。

石鼓之歌止于此，呜呼吾意其蹉跎！

注释

①石鼓：宋欧阳修《集古录》："石鼓文久在岐阳(今陕西岐山县)，初不见称于前世，至唐人始盛称之……韩退之直以为宣王之鼓，在今凤翔(今陕西凤翔县)孔子庙中……其文可见者四百六十五，磨灭不可识者过半，然其可疑者三四。退之好古不妄者，予姑取以为信耳。至于字画，亦非史籀不能作也。"近人考证，这是秦昭王时刻石，非本诗中所言的周宣王。

②张生：名彻，贞元十二年(796)从韩愈学，韩愈曾为其作《幽州节度判官清河张君墓志铭》。

③宣王：指周宣王，姓姬名靖。挥天戈：指他曾南征北伐。

④明堂：天子颁布政教、接见诸侯的地方。

⑤蒐：即搜，打猎的意思。《左传·昭公四年》："成有岐阳之蒐"，指的是周成王春猎，非指宣王。

⑥隶：是篆书后的一种字体。蝌：即蝌蚪文，相传是周时一种古文字体，头大

尾小，用漆或刀刻于竹简木牍之上，状如蝌蚪。

⑦陋儒：见识浅陋的儒生，既指孔子前采集各国诗歌的人，亦包括删定《诗经》的孔子。

⑧二雅：指《诗经》中的《大雅》、《小雅》，其中多为称颂周宣王征伐之作，韩愈认为未收入石鼓文是褊狭、局促的。

⑨故人：不详。右辅：右辅为右扶风，就是唐之凤翔府，这位从军的故人当在凤翔节度使府任职。

⑩太庙：皇家的祠堂。郜：古诸侯国名，今山东城武县。

⑪观经：典出《后汉书·蔡邕传》："熹平四年，乃与五官中郎将堂谿典……等奏求正定六经文字，灵帝许之。邕乃自书册于碑，使工镌刻，立于太学门外，於是后儒晚学，咸取正焉。及碑始立，其观视及摹写者，车乘日千余两(辆)，填塞街陌。"鸿都：典出《后汉书·灵帝纪》："光和元年……二月……始置鸿都门学生。"章怀太子注："鸿都，门名也。"

⑫六年：指诗人从元和元年初任国子监博士时向祭酒提议到元和六年(811)写此诗时的六年时间。

⑬羲之：姓王，字逸少，晋代书法家。据《晋书·王羲之传》："山阴有一道士养好鹅，羲之往观焉。意甚悦，固求市之。道士云：'为写《道德经》，当举群鹅相赠耳。'羲之欣然，写毕，笼鹅而去。"

⑭辩口：擅长辞令的人。悬河：语出《晋书·郭象传》："王衍每云，听象语如悬河泻水，注而不竭。"

译文

　　张生手捧着拓印的石鼓文，劝我作一首石鼓歌。杜甫李白都已离开人间，我才学浅薄怎么来写好石鼓歌呢？周朝的纲纪衰败天下大乱，周宣王为平定天下挥动了干戈。天子大开明堂受到朝臣的祝贺，诸侯们接踵而至把宝剑磨。周天子在一个春天带领人马奔驰在岐阳，所有的禽兽都落了网。为了刻石记功昭告后代，开山凿石制作成石鼓挖山窝。从臣们的文采在天下属第一，他们挑选石鼓刻上字把它留在山角。它们被雨淋日晒野火烧烤而安然无恙，这全靠鬼神们的百般守护。张生从哪里得了拓本？这拓本十分准确没有丝毫差误。文辞庄严，意思周密，难于读懂，字体不像隶书，又不像古代蝌蚪文。因年代久远，石鼓上的文字笔画难免有缺损，好像利剑斩断了活生生的蛟和鼍。又像是鸾凤飞翔群仙降临，又像是珊瑚碧树枝柯扶疏。笔画如金绳铁索般刚劲有力，又如古鼎没入水中，织梭化为蛟龙飞腾。鄙陋的儒者编辑古诗没有把它收进，《大雅》和《小雅》篇幅狭小也没收入石鼓文。孔子周游列国却未到达秦地，他拾取几颗星星，却把月亮遗忘。叹息我爱好古代文化，却苦于生得太晚，面对石鼓文禁不住泪眼滂沱。回忆当初我被征做国子监博士，这年开始改年号叫元和。我的故友从军在右扶风，为我进行探测要挖出石鼓。我沐浴净身穿戴好衣帽庄严地向祭酒宣告，这样珍贵的国宝存留到现在的已经不多。用毡席包好马上就能运到，运载十只石鼓只需几匹骆驼。把石鼓像郜国的宝鼎一样进献给太庙，它的身价要超过郜鼎一百多倍。如果皇上恩准留它在太学，就可以对学生讲解和他们切磋琢磨。东汉太学门外观摹六经碑文的人拥挤得填塞了街道，全国来国子监观摹石鼓文的将会更多。应剔除苔藓，露出石鼓文笔画的原样，不偏不斜把它安放稳妥。有大厦深檐的覆盖，经历久远也不会被损坏。朝中的大官老于政事，哪里会被我的言辞感动，只是犹疑不定。牧童在石鼓上玩耍时敲出星火，牛羊在石鼓上嬉戏磨砺双角，有谁来把它珍惜爱护？时间一天天过去，石鼓渐渐被损坏，六年来我时时西望岐阳，空自嗟叹吟哦。王羲之追求时俗，写的书帖字体美观大方，几张纸写完《道德经》就换回道士一群白鹅。周朝之后历经了八代，至今战争已经结束，却无人收拾石鼓，道理何在？如今天下太平，国无战事，重用儒术尊崇孔丘孟轲。怎样才能把石鼓之事禀报朝廷加以述说，我愿借辩士之口，如悬河言语滔滔。石鼓之歌到此为止，唉，我搜求宝藏石鼓的愿望已过时了。

作品赏析

　　韩愈在这首诗里叙述了石鼓的来历，肯定它在学术和艺术上的重大价值，再三强调保存石鼓的意义。而当局者对自己要求珍藏石鼓的建议并不重视，任其"日销月铄就埋没"，作者感到极大的愤慨，怀着满腔悲愤而写成《石鼓歌》，义正词严，呼吁朝廷重视石鼓。诗以议论为主，辅以叙述描写，体现了韩愈以文为诗、雄健奇崛的风格。南宋著名文学家洪迈在《容斋随笔》卷四中评价这首诗说："文士为文，有矜夸过实，虽韩文公不能免。如《石鼓歌》极道宣王之事，伟矣，至云:'孔子西行不到秦,掎摭星宿遗羲娥。陋儒编诗不收入,二雅褊迫无委蛇。'是谓三百篇皆如星宿,独此诗如日月也。今世所传石鼓之词尚在,岂能出《吉日》、《车攻》之右? 安知非经圣人所删乎?"

长 恨 歌

白居易

作者小传

　　白居易(772—846),字乐天,晚号香山居士。原籍太原,后迁居下邽(今陕西渭南北)。贞元十六年(800)进士,曾任左拾遗、左赞善大夫等,官终刑部尚书。白居易是李、杜之后杰出的现实主义诗人。早期所作的《秦中吟》及《新乐府》,思想倾向鲜明,批判当时社会症结,晚年因不愿卷入党争,有逃避现实的消极思想。其诗善于叙述,语言浅易,相传老妪能解。长篇叙事诗《长恨歌》、《琵琶行》具有独特的艺术风格,为歌行体开辟了新路。

汉皇重色思倾国①,御宇多年求不得。
杨家有女初长成②,养在深闺人未识。
天生丽质难自弃,一朝选在君王侧。
回眸一笑百媚生,六宫粉黛无颜色。
春寒赐浴华清池③,温泉水滑洗凝脂。
侍儿扶起娇无力,始是新承恩泽时。
云鬓花颜金步摇④,芙蓉帐暖度春宵。
春宵苦短日高起,从此君王不早朝。
承欢侍宴无闲暇,春从春游夜专夜。
后宫佳丽三千人,三千宠爱在一身。
金屋妆成娇侍夜⑤,玉楼宴罢醉和春。
姊妹弟兄皆列土⑥,可怜光彩生门户。
遂令天下父母心,不重生男重生女。
骊(lí)宫高处入青云,仙乐风飘处处闻。

缓歌慢舞凝丝竹,尽日君王看不足。

渔阳鼙(pí)鼓动地来⑦,惊破《霓裳羽衣曲》⑧。

九重城阙烟尘生,千乘万骑西南行。

翠华摇摇行复止,西出都门百余里。

六军不发无奈何⑨,宛转蛾眉马前死。

花钿(diàn)委地无人收,翠翘金雀玉搔头。

君王掩面救不得,回看血泪相和流。

黄埃散漫风萧索,云栈萦纡登剑阁⑩。

峨嵋山下少人行,旌旗无光日色薄。

蜀江水碧蜀山青,圣主朝朝暮暮情。

行宫见月伤心色,夜雨闻铃肠断声⑪。

天旋地转回龙驭,到此踌躇不能去。

马嵬(wéi)坡下泥土中⑫,不见玉颜空死处。

君臣相顾尽沾衣,东望都门信马归。

归来池苑皆依旧,太液芙蓉未央柳⑬。

芙蓉如面柳如眉,对此如何不泪垂。

春风桃李花开日,秋雨梧桐叶落时。

西宫南内多秋草⑭,落叶满阶红不扫。

梨园弟子白发新,椒房阿监青娥老。

夕殿萤飞思悄然,孤灯挑尽未成眠。

迟迟钟鼓初长夜,耿耿星河欲曙天。

鸳鸯瓦冷霜华重,翡翠衾寒谁与共?

悠悠生死别经年,魂魄不曾来入梦。

临邛道士鸿都客⑮,能以精诚致魂魄。

为感君王展转思,遂教方士殷勤觅。

排空驭气奔如电,升天入地求之遍。

上穷碧落下黄泉⑯,两处茫茫皆不见。

忽闻海上有仙山,山在虚无缥缈间。

楼阁玲珑五云起，其中绰约多仙子。

中有一人字太真，雪肤花貌参差是。

金阙西厢叩玉扃，转教小玉报双成⑰。

闻道汉家天子使，九华帐里梦魂惊。

揽衣推枕起徘徊，珠箔银屏迤逦开。

云髻(jì)半偏新睡觉，花冠不整下堂来。

风吹仙袂飘飘举，犹似《霓裳羽衣舞》。

玉容寂寞泪阑干，梨花一枝春带雨。

含情凝睇谢君王，一别音容两渺茫。

昭阳殿里恩爱绝，蓬莱宫中日月长。

回头下望人寰处，不见长安见尘雾。

唯将旧物表深情，钿合金钗寄将去⑱。

钗留一股合一扇，钗擘(bò)黄金合分钿。

但教心似金钿坚，天上人间会相见。

临别殷勤重寄词，词中有誓两心知：

七月七日长生殿⑲，夜半无人私语时。

在天愿作比翼鸟，在地愿为连理枝。

天长地久有时尽，此恨绵绵无绝期。

注释

①倾国：典出李延年歌："北方有佳人，绝世而独立。一顾倾人城，再顾倾人国。"后世便将此做美人的代称。

②杨家有女：即杨贵妃。

③华清池：指华清宫的温泉池。

④云鬓：形容女性的发鬓如乌云般浓密。金步摇：镂金缀玉的头饰。

⑤金屋：典出《汉武故事》：汉武帝幼时，姑母长公主指着自己的女儿问他："儿欲得妇，阿娇好否？"武帝答道："若得阿娇，当以金屋贮之。"后泛称男人所宠爱的妇女的居住地。

⑥"姊妹"句：杨贵妃得宠后，大姐封韩国夫人，三姐封虢国夫人，八姐封秦

国夫人,堂兄杨钊赐名国忠任右丞相封魏国公,其他如父母从兄等都有封赠。列土:分封领地。

⑦渔阳鼙鼓:天宝十四年(755)冬,安禄山以讨伐杨氏为名,于范阳起兵反唐。渔阳,唐郡名,今天津市蓟县。鼙鼓,古代军中骑兵用的小鼓,指战事。

⑧《霓裳羽衣曲》:舞曲名。

⑨六军:周制天子六军,此处指扈从玄宗的军队。

⑩云栈:高入云霄的栈道。剑阁:又名剑门关,在今四川剑阁北。

⑪"夜雨"句:据唐郑处诲《明皇杂录》:"明皇既幸蜀,西南行,初入斜谷,霖雨涉旬,于栈道雨中闻铃音,与山相应。上既悼念贵妃,采其声为《雨霖铃》曲以寄恨焉。"

⑫马嵬坡:在今陕西兴平市西,杨贵妃被缢死处。

⑬太液:汉唐宫苑中池名。未央:汉宫名,此句借指唐宫。

⑭西宫:即西内,指太极宫。南内:指兴庆宫。

⑮临邛:今四川邛崃县。鸿都:东汉洛阳宫门名,此处是指有一位作客长安的四川道士。

⑯碧落:道家所称的天界。黄泉:指地下深处。

⑰小玉:白居易《霓裳羽衣舞歌》自注云:"吴王夫差女。"双成:姓董,传说中西王母的侍女,此处指随侍杨贵妃的仙女。

⑱"钿合金钗"句:连上下句是说将玄宗原来赏赐的旧物各带一半作留念。

⑲长生殿:在骊山华清宫内,为天宝元年(742)建造的宫殿。

译文

汉代的君王看重女色,思慕着倾城倾国般的美人,他统治着天下多年却总是找不到中意的佳人。杨家有一个女孩刚刚长大成人,养在幽深的闺阁无人相识。上天赐予她美丽的姿色不甘被埋没,有一天终于被选在君王的身侧。她眼睛一转微微一笑显出百般妖媚,相形之下,所有妃嫔的容颜都黯然失色。春寒时君王恩赐她去华清池沐浴,温泉的池水洗涤她那白嫩滑润的皮肤。侍女轻轻地将她从床上扶起,她显得多么娇慵无力,正是刚刚接受君王的恩泽时。乌云般的鬓发、鲜花似的容颜与鬓边的首饰一步一摇,她与君王在温暖的芙蓉帐里共度春宵。只恨春宵太短,太阳早已升起,从此君王不再上早朝。接受君王的宠爱,陪伴君王宴饮没有丝毫空闲,春日陪着君王春游,夜晚陪君王过夜。后宫共有美女三千个,君王把宠爱集中在她一人身上。她把皇宫的住处装饰得豪华富丽,娇柔地侍奉君王过夜,玉楼里酒宴过后她的醉态如春光般娇美。她的姊妹兄弟都受到皇上的分封,人们羡慕她一家无限光彩,辉煌着门户。使得天下的父母心里不再看重男儿,只盼生下娇艳的美女。骊山上的华清宫高耸入云,音乐如仙乐,随风飘荡,处处都能听闻。舒缓的歌声、轻盈的舞蹈伴随着丝竹之乐,君王整日里观赏,乐此不疲。叛军在渔阳擂响了战鼓,鼓声惊天动地,人马杀进京城,惊破了美妙的《霓裳羽衣曲》。京城里弥漫着战火烟尘,皇家千万人马向西南奔逃。君王的车驾走得不远又停下,向西离开都城才百余里。军队不肯前进,君王无可奈何,难割难舍地让人把美人在马前缢死。镶金的花钿、翠翘、金雀、玉搔头首饰,丢在地上无人收拾。君王掩着脸而无法救得,回头一看,眼泪随着血在流。路上尘土飞扬,秋风萧索,走过高入云端回环曲折的栈道登上了剑阁。峨嵋山下行人稀少,旗帜无光,日色黯淡。蜀江的水青绿,蜀地的山苍翠,君王日日夜夜思念着美人。住在行宫见月色而伤心落泪,雨夜里听铃声断肠失魂。大局转变,君王回到长安,途经马嵬坡,徘徊不定不忍离去。在这一片泥土之中,再也见不到美貌的佳人,只看见她临死时的旧址。君臣们相对无言泪湿衣襟,向东望着都门,无心鞭马,任马前行。回来后只见池沼园林都依然如旧,太液池中开放着鲜艳的芙蓉,未央宫里飘荡着依依的杨柳。芙蓉花就如美人的面容,杨柳叶就如美人的蛾眉。面对如此景象如何不伤心滴泪?春风吹来,桃李花开之日,秋雨飘来,梧桐叶落之时,对美人的无尽思念更是悠远绵长。太极宫和兴庆宫里长满秋草,落叶遮盖了石阶也无人打扫。梨园的艺人已添了白发,后宫的女官也已衰老。深夜里流萤在宫殿低飞,君王把美人默默地思念,独守孤灯不能成眠。报更的钟鼓声是那样的迟缓,黑夜多么地清冷漫长。苦熬长夜,银河微明,天才发亮。霜花厚重,鸳鸯瓦变得越来越冷,无人相伴,翡翠被变得愈来愈寒。生离死别之后独自经过了漫长的一年,美人的魂魄不曾来到梦中。临邛的一位道士来到京城作客,能以精诚、法术招来死者的魂魄。被君王没完没了的思念感动,那道士殷勤地到处寻觅。他在空中腾云驾雾奔驰如闪电,上天下地都找遍。天界地府全找遍,两处杳茫都不曾发现她。忽然听说海上有一座仙山,仙山在虚无缥缈的地方。玲珑的楼阁耸立在五色的彩云中间,里面住着许多美丽的仙女。仙女中有一位字号太真,雪白的肌肤,鲜花般的容貌,仿佛就是君王思念的那位美人。道士敲开了宫阙西

房的玉门,转叫小玉去告诉双成,双成去禀报她们的主人。听说汉家的天子派来了使者,美人在九华帐里被惊醒。披上衣衫推开枕衾起身徘徊不定,珠帘银屏依次揭开。发髻偏在一边,似刚刚睡醒,来不及整理花冠就走下堂来。清风吹着她的衣袖飘飘飞动,还像当年表演《霓裳羽衣舞》时那样。那美丽的容貌显得无比凄凉,泪水满面纵横,满脸泪水好像一枝梨花洒满了春雨。眼波中含着深情注视着使者,请他转达对君王的致意,分别之后不能相见,两厢音信难通。宫殿里的恩爱如今已经断绝,我在蓬莱宫里过着孤独的岁月,时光无比久长。回头下望人间居处,看不见长安只见一片尘雾。只有拿出我的旧物表达我的一片深情,把这钿合金钗带回去。我把金钗钿合分离开,君王和我各自留一半。只要我们相爱的心如这金钿一样坚定,天上人间总有一天能相见。临别时她殷勤地把这些话再三叮嘱,话中的誓言只有她和君王两人心中知。记得七月七日在长生殿,夜半人静时我们私下说过的话:"在天上愿化作比翼双飞的鸟,在地上愿变成两棵枝干相连的树。"天长地久总有穷尽的时候,这君王嫔妃爱情的遗恨却悠长无尽期。

作品赏析

　　《长恨歌》以社会流传的唐玄宗和杨贵妃的爱情悲剧为题材,因此以"长恨"名篇。诗歌的前半部分,力图通过这一事件,批判统治集团因腐朽荒淫而招致祸乱,当做历史教训。诗歌的后半部分却倾注了诗人对帝妃之间的爱情悲剧深厚的同情和歌颂。这两者之间是有矛盾的,因而使得主题思想复杂化,但是诗歌在艺术上有着很大的成就。塑造的形象完整鲜明,情节曲折离奇,想象极为丰富,写实与幻想相结合,抒情与叙事相结合。语言精练,言辞优美,音韵和谐,艺术感染力极强。表现了当时歌行体的特点,影响极为深远,成为中国古典诗歌史上的千古绝唱。其中的"后宫佳丽三千人,三千宠爱在一身"、"七月七日长生殿,夜半无人私语时"和"天长地久有时尽,此恨绵绵无绝期"皆为千古名句。

琵琶行并序

白居易

　　元和十年,予左迁九江郡司马。明年秋,送客湓浦口,闻舟中夜弹琵琶者。听其音,铮铮然有京都声。问其人,本长安倡女,尝学琵琶于穆、曹二善才。年长色衰，委身为贾人妇。遂命酒，使快弹数曲，曲罢悯默。自叙少小时欢乐事，今漂沦憔悴，转徙于江湖间。予出官二年，恬然自安，感斯人言，是夕始觉有迁谪意。因为长句，歌以赠之，凡六百一十二言，命曰《琵琶行》。

浔阳江头夜送客[①]，枫叶荻花秋瑟瑟。

主人下马客在船，举酒欲饮无管弦。

醉不成欢惨将别，别时茫茫江浸月。

忽闻水上琵琶声，主人忘归客不发。

寻声暗问弹者谁？琵琶声停欲语迟。

移船相近邀相见，添酒回灯重开宴。

千呼万唤始出来，犹抱琵琶半遮面。

转轴拨弦三两声，未成曲调先有情。

弦弦掩抑声声思，似诉平生不得志。

低眉信手续续弹，说尽心中无限事。

轻拢慢捻抹复挑，初为《霓裳》后《六幺》[②]。

大弦嘈嘈如急雨，小弦切切如私语。

嘈(cáo)嘈切切错杂弹，大珠小珠落玉盘。

间关莺语花底滑，幽咽泉流冰下难。

冰泉冷涩弦凝绝，凝绝不通声渐歇。

别有幽愁暗恨生，此时无声胜有声。

银瓶乍破水浆迸，铁骑突出刀枪鸣。

曲终收拨当心画，四弦一声如裂帛。

东船西舫悄无言，唯见江心秋月白。

沉吟放拨插弦中，整顿衣裳起敛容。

自言本是京城女，家在虾蟆陵下住[③]。

十三学得琵琶成，名属教坊第一部。

曲罢曾教善才优，妆成每被秋娘妒。

五陵年少争缠头④，一曲红绡不知数。

钿头云篦击节碎，血色罗裙翻酒污。

今年欢笑复明年，秋月春风等闲度。

弟走从军阿姨死，暮去朝来颜色故。

门前冷落车马稀，老大嫁作商人妇。

商人重利轻别离，前月浮梁买茶去。

去来江口守空船，绕船月明江水寒。

夜深忽梦少年事，梦啼妆泪红阑干！

我闻琵琶已叹息，又闻此语重唧唧。

同是天涯沦落人，相逢何必曾相识！

我从去年辞帝京，谪居卧病浔阳城。

浔阳地僻无音乐，终岁不闻丝竹声。

住近湓江地低湿，黄芦苦竹绕宅生。

其间旦暮闻何物？杜鹃啼血猿哀鸣。

春江花朝秋月夜，往往取酒还独倾。

岂无山歌与村笛？呕哑嘲哳难为听。

今夜闻君琵琶语，如听仙乐耳暂明。

莫辞更坐弹一曲，为君翻作琵琶行。

感我此言良久立，却坐促弦弦转急。

凄凄不似向前声，满座重闻皆掩泣。

座中泣下谁最多？江州司马青衫湿⑤。

注释

①浔阳江：今九江市北的长江一段。

②霓裳：《霓裳羽衣曲》的简称。六幺：本名《绿要》。

③虾蟆陵：在长安城东南，当时有名的游乐区。

④缠头：赠给歌女们的财物，唐时丝织物既可当货币同时又是赠品。

⑤江州：即九江郡。司马：刺史的僚佐，通常是由被谪官员担任的闲职。青

衫：唐制，八、九品文官服色为青，此处是白居易自称官位低微。

译文

元和十年（816），我被贬为九江郡司马。第二年秋天的一个傍晚，我为一位朋友送行来到湓浦口，听见一条船中有人在弹琵琶。听那乐音，清脆悦耳，是京都流行的乐调。询问那人，原来她是长安的一位乐伎，曾经向穆、曹二位著名的琴师学弹琵琶。因年老色衰，不得不嫁给一位商人。于是我吩咐人备酒，请她畅快地弹了几曲。她弹完之后显得忧郁愁苦，自叙了她青少年时的欢乐，如今漂泊沦落，面容憔悴，辗转迁徙在四方各地。我出京到地方上任职已有两年，心情淡泊，倒也安然。受到她言语的触动，这天晚上才感到有被贬的凄凉意味。因而作了这首七言长诗赠送给她，共六百一十二字，取名为《琵琶行》。

夜晚我到浔阳江边去送客，枫叶、芦苇在秋风里发出的声音格外萧索。我与客人一同下马走进船舱，端起了酒杯却没有音乐来解除愁闷。醉意中心情凄切，我们悲伤地就要分别，分手时只见一片白茫茫的江中浸着一轮明月。忽然水上传来琵琶声，我忘记了回转，客人也不出发。顺着声音寻找，悄悄探问，弹琵琶的是何人？琵琶声停了下来，她想回答却未曾回音。我们将船靠拢邀她出来相见，重燃灯烛，添上酒菜，重新摆设酒宴。多次呼唤她才出来，还抱着琵琶遮着半边脸面。她转动琴轴试拨琴弦三两声，还未弹出曲调就满含着一片深情。每一弦都低声压抑，每一声都满含情思，好像在倾诉她平生坎坷不得志。低头随手连续弹，说尽了心头无限伤心事。她轻轻地在弦上叩，慢慢地在弦上揉，一会儿顺手下拨，一会儿反手回挑，起初弹《霓裳羽衣曲》，后来弹的是《六幺》。大弦沉重雄壮如狂风暴雨，小弦细促急切如低声私语。粗重轻细的声音交错变换，就像大大小小的珍珠落进了玉盘。中间夹杂黄莺鸟在花下婉转的叫声，也有像阻塞不畅的流泉在低声呜咽。冰下的泉水不流，弦音暂时断绝。好像含有另一种忧愁暗恨，这时无声的乐音胜过有声。突然像银瓶破裂水浆迸发，像骑兵突破重围刀枪齐鸣。乐曲弹到尾声她把弦拨在当中用劲一划，四根琴弦发出的声音像撕断一匹锦帛。两边的船中悄然无声，只见江中的秋月泛着一片灰白。

她欲言又止，把弦拨插入弦中，整理好衣裳显出庄重的面容。她说："我本来是京城女，家就住在虾蟆陵。十三岁就学会了琵琶弹奏，我的名字排在教坊第一部中。演奏一曲完毕连著名的琴师都佩服，每当我梳妆好了惹得姐妹们都忌妒。

长安的富贵子弟争相送给我财物,每当演奏完一曲后得到的红绡不计其数。镶着金花和珠宝的银篦用来打节拍常常被敲碎,红色的罗裙被泼翻了酒玷污也不后悔。年复一年在欢笑声中度过,春去秋来白白消磨美好的时光。兄弟从军姊妹死,时光流逝我的容颜也已衰老。门前冷冷清清找我演奏的客人一天天稀少,上了年纪只好与一商人结为夫妇。商人看重赢利,把别离不当做一回事,前一个月到浮梁去做茶叶生意。丈夫走后我独自在江边守着空船,围绕船身的只有冰冷的江水寒月。深夜里忽然梦见少年时的往事,梦中哭醒,泪迹纵横,沾满脂粉。"

我听了琵琶曲已伤感叹息,听了这番话更使我感慨不已。我和她同是流落江湖的失意人,如今相逢何必问曾经是否相识。"我自从去年离开京城,被贬谪卧病在这浔阳城。浔阳这地方荒凉偏僻没有音乐,常年听不到管弦声。居地靠近溢江,地势低洼又潮湿,黄芦苦竹围绕住宅丛生。我住的地方早晚听到的是什么声音?杜鹃一声声叫得啼血,猿猴在一声声哀鸣。在那春天花开的早晨,秋天明月的夜晚,我面对这良辰美景,举酒独饮。难道没有山歌和村笛?那声音嘈杂使人难以听闻。今夜听了你的琵琶曲,就如同听了仙乐两耳爽明。请不要推辞再弹一曲,我按调为你写一首《琵琶行》。"她被我的言语感动,站立了好久,重新坐下把弦拧得更紧、弹得更迫急。凄凉的曲调不像先前的琴声,满座的人听了之后都掩面哭泣。在座的人谁的眼泪流得最多?我这江州司马的青衫已被泪水浸湿。

▌作品赏析▐

元和十年(816),李师道派人刺杀了主持平定藩镇叛乱的宰相武元衡。白居易上疏"急请捕贼以雪国耻",却被权贵们指责越职言事,贬为江州刺史,又以浮华无行的中伤进行陷害,再贬为江州司马。作者在这首长篇叙事诗中,借一个沦落天涯的琵琶女的可悲遭遇来抒发自己宦途失意的愤懑。"同是天涯沦落人,相逢何必曾相识",表达诗人和琵琶女的共同命运。诗中描写了琵琶女精湛的演奏技艺和凄凉身世,抒发了自己遭贬的悲愤感情。诗歌为琵琶女因年老色衰而被弃、自己直言敢谏而遭贬鸣不平,表现了深刻的社会意义。作者善于运用细节描写突出人物的性格,运用景物描写渲染环境气氛,运用生动的比喻和富有音乐美的语言描写琵琶女的演奏技艺,给人丰富的联想。叙事中含有浓厚的抒情色彩,在艺术上有着极强的感染力。

韩 碑

李商隐

作者小传

　　李商隐(约813—约858),字义山,号玉溪生,原籍怀州河内(今河南沁阳)人,祖父迁居荥阳(今河南郑州),遂为荥阳人。开成二年(837)进士。因卷入牛李党争,政治上一生不得意。李商隐与杜牧齐名,为晚唐重要诗人。他的诗构思缜密,想象丰富,语言优美,韵调和谐。尤擅长七言律绝。有《李义山诗集》。

元和天子神武姿,彼何人哉轩与羲。

誓将上雪列圣耻,坐法宫中朝四夷①。

淮西有贼五十载②,封狼生貙(chū)貙生罴③。

不据山河据平地,长戈利矛日可麾④。

帝得圣相相曰度⑤,贼斫不死神扶持。

腰悬相印作都统,阴风惨淡天王旗。

愬武古通作牙爪⑥,仪曹外郎载笔随。

行军司马智且勇,十四万众犹虎貔⑦。

入蔡缚贼献太庙⑧,功无与让恩不訾。

帝曰汝度功第一,汝从事愈宜为辞。

愈拜稽首蹈且舞:金石刻画臣能为⑨。

古者世称大手笔,此事不系于职司。

当仁自古有不让⑩,言讫(qì)屡颔天子颐。

公退斋戒坐小阁,濡染大笔何淋漓!

点窜《尧典》《舜典》字⑪,涂改《清庙》《生民》诗⑫。

文成破体书在纸⑬,清晨再拜铺丹墀。

表曰臣愈昧死上,咏神圣功书之碑。

碑高三丈字如斗,负以灵鳌蟠以螭⑭。

句奇语重喻者少,谗之天子言其私⑮。

长绳百尺拽碑倒，粗砂大石相磨治。

公之斯文若元气，先时已入人肝脾。

汤盘孔鼎有述作⑯，今无其器存其辞。

呜呼圣王及圣相，相与烜赫流淳熙。

公之斯文不示后，曷与三五相攀追？

愿书万本诵万过，口角流沫右手胝。

传之七十有二代，以为封禅玉检明堂基⑰。

注释

①法宫：皇帝治事的宫殿。朝四夷：四方边远的少数民族首领都来朝拜。

②"淮西"句：这句是说淮西割据叛乱已经有五十年。

③封狼：大狼。貙：《说文》："貙似狸，能捕兽。"也是一种凶兽。罴：柳宗元《罴说》："鹿畏貙，貙畏虎，虎畏罴。"这里比喻淮西诸统帅一个比一个凶悍不驯。

④"长戈"句：上句是说他们自恃强大，割据淮西平原和朝廷对抗。下句典出《淮南子·览冥训》，鲁阳公同韩交战正酣，天已傍晚，鲁援戈而挥之，日为之反三舍。

⑤圣相：指裴度。

⑥愬、武、古、通：指当时随裴度出征的大将唐、邓、随节度使李愬，淮西都统韩弘之子韩公武，鄂岳观察使李道古，寿州团练使李文通。

⑦貔：传说中的猛兽。

⑧"入蔡"句：这句是说元和十二年（817）十月十五，李愬雪夜攻打蔡州，两日后生擒吴元济，槛车送长安，献给太庙后斩之。太庙是皇家的祠堂，太庙献俘，是告慰祖宗叛乱已经平定。

⑨金石刻画：指撰写在钟鼎或石碑上铭记功业的文字，韩愈写的就是碑文。

⑩"当仁"句：典出《论语·卫灵公》："当仁不让于师。"意谓自己能做的事不必谦让。

⑪点窜：修改。

⑫涂改：与"点窜"意同。

⑬破体：带草的行书。戴叔伦《怀素上人草书歌》："始从破体变风姿"，可知

其即行草。

　　⑭灵鳌：《说文》："鳌，海中大鳖。"螭：《说文》："螭如龙而黄。"

　　⑮"谗之"句：此句指李愬妻进宫向宪宗泣诉碑文不实，是韩愈循私把功劳都记于裴度身上。

　　⑯汤盘：相传为商汤沐浴之盆。孔鼎：指孔子先祖正考夫之鼎。

　　⑰封禅：古代帝王宣扬功业的祭祀仪式。玉检：封禅书的封套。明堂：《礼记》"昔周公朝诸侯于明堂之位"，亦指布政和祭祀的宫殿。

译文

　　宪宗皇帝多么神圣英武，他是一个怎样的人呢，可以与上古的圣王轩辕和伏羲相比。他发誓要将历代君王受的耻辱雪洗，要坐在正殿使四夷前来朝贺。叛国逆贼盘踞淮河之西五十年，就如大狼生貊，貊又生罴。他们不据山林江河险地，而自恃兵力强盛占据平原城池，举起长矛利戈对太阳挥击。圣君得到一位圣相名叫裴度，贼寇杀不了他是因为有神灵扶持。他腰挂相印做了全军的都统，寒风凛冽天气暗淡君王亲自送他出征。李愬、韩公武、李道古、李文通做他的武将，礼部员外郎李宗闵带着文官也跟从出征。行军司马韩愈有谋又英勇，十四万大军像虎貙一样勇猛。攻入蔡州活捉贼首吴元济回京献进太庙，裴度的功劳无人可比，君王给他的恩惠无量。君王说："你裴度的功劳居第一，你的从事韩愈应该撰写记功的碑文。"韩公欢欣鼓舞向君王叩首回答："撰写刻石记功的文章我能够胜任。自古以来世间都认为撰写记功的文字是朝廷的大著作，这样的大事与我这样的小臣没有什么关系。但古时也有遇到该做的事就主动去做、不必谦让的例子。"话刚说完君王连连点头赞许。韩公退朝回家虔诚地坐进小楼，饱蘸笔墨把文章写得酣畅淋漓。碑文推敲、引用《尧典》与《舜典》，借鉴《诗经》中的《清庙》《生民》风格。文章完毕用行书的变体抄录，清晨呈献给宪宗皇帝。上表说："臣韩愈冒死将碑文呈上，歌颂平淮西的神圣功勋的文字已刻在碑石上。"碑高达三丈，字大如斗，巨大的石龟背负着石碑，碑的上端刻有蟠龙。文句奇特语辞庄重能理解的人很少，李愬之妻向君王进谗言说韩愈写碑文怀有私心。君王下诏用百尺长绳将石碑拉倒在地，用粗糙的沙石把文字磨灭。韩公的这篇碑文如天地间的浩然正气，早已被人们烂记于心。上古的汤盘、孔鼎如今早已不存，上面的铭文却在流行。啊，圣明的君主和宰相，赫赫功业将流芳千古。要不是韩公

的这篇碑文传示后世,怎么能知道当今君王的功业可与三皇五帝相比。我愿抄写韩碑万份读万遍,哪怕读得口角流唾沫,抄写碑文手生老茧。让它流传千秋万代,韩公的碑文可入泰山祭典,作为天子明堂的基石昭示万代。

作品赏析

　　这首诗热情地歌颂平定淮西藩镇叛乱的宪宗和裴度。唐宪宗时,宰相裴度力主削平藩镇。元和十二年(817),裴度亲率大军赴淮西,韩愈为行军司马,随裴度平定淮西并参谋军事。淮西平定,韩愈随裴度还京,宪宗命韩愈撰写《平淮西碑》。韩愈认为淮西的平定,是裴度执行宪宗的旨意,有着决策和统帅之功。李愬雪夜入蔡州生擒吴元济应为协同作战的结果,就整个战局来看也是局部的。而李愬之妻系唐安公主的女儿,出入官禁,诉说碑文的内容不真实。于是,宪宗下诏推倒韩碑磨灭韩文,命翰林学士段文昌重写碑文。段文与韩文相反,将大功归于李愬。李商隐对推倒韩碑深表不满,竭力推崇韩碑,热情称赞裴度的统帅之功,与韩愈观点一致。表现作者坚决维护统一、反对国家分裂的进步立场。本诗在艺术上学习韩愈的《石鼓歌》,多发议论,有以散文为诗的特点。

小百科/XiaoBaiKe

　　汉代有一种官职叫尚方令,专替皇帝制作御用刀剑及好玩器物,所以后来皇帝的御用剑就叫做尚方剑,或称尚方宝剑。《汉书音义》曰:"导官,主导择米以供祭祀。尚方,掌工作刀剑诸物及刻玉为器。"汉代有个人叫张禹,曾做过汉成帝的老师。他骄逸淫色,生活糜烂,却深受皇上信任,当上了丞相。生性耿直、敢于直谏的谏官朱云请皇帝赐他尚方宝剑以斩佞臣张禹。皇帝震怒于朱云以下犯上,裁其死罪。左将军辛庆忌出来说情,皇帝才饶恕朱云。从此,"尚方剑"就成了权威的象征。

七言乐府

燕歌行① 并序

高适

　　高适(约 700—765)，字达夫，渤海蓨(今河北景县)人。早年家贫，与李白、杜甫共游梁宋，落拓失意。后由张九皋推荐，应举中第。安史乱起，拜侍御史，迁谏议大夫，出为淮南节度使，官终散骑常侍，世称高常侍。高适诗多写边地战争和个人感慨，也有一部分反映人民疾苦的作品，而以边塞诗最为著名，在当时与岑参并称。其诗音韵响亮、语言整饬，贯注着雄健奔放的气势，激昂慷慨的精神。有《高常侍集》十卷。

　　开元二十六年，客有从御史大夫张公出塞而还者，作《燕歌行》以示适；感征戍之事，因而和焉。

　　　　汉家烟尘在东北，汉将辞家破残贼。
　　　　男儿本自重横行②，天子非常赐颜色。
　　　　摐金伐鼓下榆关，旌旆逶(wēi)迤(yí)碣石间。
　　　　校尉羽书飞瀚海，单于猎火照狼山③。
　　　　山川萧条极边土，胡骑凭陵杂风雨。
　　　　战士军前半死生，美人帐下犹歌舞。
　　　　大漠穷秋塞草腓，孤城落日斗兵稀。

身当恩遇常轻敌④,力尽关山未解围。

铁衣远戍辛勤久,玉箸(zhù)应啼别离后⑤。

少妇城南欲断肠,征人蓟(jì)北空回首。

边庭飘飖那可度?绝域苍茫更何有!

杀气三时作阵云,寒声一夜传刁斗⑥。

相看白刃血纷纷,死节从来岂顾勋?

君不见沙场征战苦,至今犹忆李将军⑦。

注释

①《燕歌行》:乐府《相和歌辞·平调曲》旧题。

②横行:意为驰骋沙场,一往无前。

③狼山:即狼居胥山,今内蒙古自治区境内,这里指敌方活动之地。

④"身当"句:此句可作两种解释:一为将士们身受朝廷重恩,在强敌面前毫无惧色地死战;一可解为将帅们轻敌。

⑤玉箸:是玉制的筷子,这里形容战士们在想象家中妻子的眼泪直流。

⑥刁斗:古代军中的铜制炊具,夜里敲击可当更柝。

⑦李将军:指李广,汉武帝时名将,使匈奴不敢侵犯,称为飞将军。

译文

　　开元二十六年(738),有一位朋友跟从御史大夫张守珪从塞外返回,写了一首《燕歌行》给我看,我对征戍之事深有感触,因而写此诗相和。

　　战争的烟火在汉家的东北边地燃起,汉家的大将辞别家人去扫荡残余的贼寇。男子汉本来重视纵横疆场扫荡敌寇,天子给予武将的厚遇非同一般。大军击金摇鼓开出了山海关,旌旗飘飘在绵延不断的碣石间。校尉从渤海方面急忙传来了警报,单于燃放的战火照亮了狼山。边地的山川呈现出一片荒凉景象,敌人骑兵发动的进攻像狂风暴雨。战士们在阵地上死伤大半,美女们在将帅的营帐里轻歌曼舞。深秋里的大漠上是一片枯草,落日斜照孤城,能作战的兵士越来越少。将帅身受朝廷重恩却不认真对付敌军,在边关用尽兵力却未能解除重围。战士们身穿铁甲长期在边地戍守,别离后妻子在家中哭泣滴泪。少妇在城南思念征人肝肠欲断,征人在蓟北空自回望故乡。边地长风吹荡哪能度日,边地荒凉苍茫一无所有。白日里疆场杀气腾腾天昏地暗,深夜里军营戒备森严警报频传。战士们在白刃战中血雨纷纷,为国事献身哪是为了个人的功勋? 谁不知沙场上战争的艰苦,今天的战士们还怀念着汉代厚待士卒的李广将军。

作品赏析

　　这首诗从序言可以看出是针对边地军政败坏而发,对边将在战争中骄纵轻敌致使广大战士惨遭牺牲的揭露。"战士军前半死生,美人帐下犹歌舞",揭露了军中苦乐不均、将帅生活腐化的现实,深刻地揭示了广大战士与边将之间的矛盾。诗从慷慨出征、转战绝域写起,时而雄迈高亢,时而忧郁感伤,各种复杂矛盾错综交织,汇成悲壮苍凉的情调。而结尾突出广大士兵保卫边疆、奋不顾身的英雄气概,讥讽边地将领不得其人,则是全诗的主旨所在,与序文中"感征戍之事"相吻合。作者运用鲜明的对比和排偶句来揭示各种复杂的矛盾,表达战士们在不同情况下的感情变化。用典和遣词紧扣"燕"字,如"榆关、碣石、瀚海、狼山、蓟北"等词,都与燕地有密切关系,结尾提到战士怀念李将军也与燕地有关,诗的内容扣题极紧。

蜀 道 难①

李 白

噫吁(yū)嚱(xī),危乎高哉! 蜀道之难难于上青天!
蚕丛及鱼凫,开国何茫然!
尔来四万八千岁,不与秦塞通人烟。
西当太白有鸟道②,可以横绝峨眉巅。
地崩山摧壮士死③,然后天梯石栈相钩连。
上有六龙回日之高标④,下有冲波逆折之回川。
黄鹤之飞尚不得过,猿猱欲度愁攀援。
青泥何盘盘,百步九折萦岩峦。
扪参历井仰胁息⑤,以手抚膺坐长叹。

问君西游何时还?畏途巉(chán)岩不可攀。

但见悲鸟号古木,雄飞雌从绕林间。

又闻子规啼夜月⑥,愁空山。

蜀道之难难于上青天,使人听此凋朱颜。

连峰去天不盈尺,枯松倒挂倚绝壁。

飞湍瀑流争喧豗(huī),砯(pīng)崖转石万壑雷⑦。

其险也如此,嗟尔远道之人,胡为乎来哉!

剑阁峥嵘而崔嵬⑧,一夫当关,万夫莫开。

所守或匪亲,化为狼与豺⑨。

朝避猛虎,夕避长蛇。

磨牙吮血,杀人如麻。

锦城虽云乐⑩,不如早还家。

蜀道之难,难于上青天,侧身西望长咨嗟!

注释

①蜀道难:乐府《相和歌辞·瑟调曲》旧题。

②太白:即太乙,山名,属秦岭山脉,在今陕西眉县南。鸟道:是说山峦高峻,只有鸟能飞越。

③地崩山摧:《华阳国志》:"秦惠王知蜀王好色,许嫁五女于蜀。蜀遣五丁迎之,还到梓潼……山崩时,压杀五人及秦五女并将从,而山分为五岭。"

④六龙:神话称替太阳驾车的羲和,赶着六条龙驾的车载着太阳在空中来往。

⑤参、井:星宿名。胁息:使人紧张得不敢呼吸。

⑥子规:即杜鹃鸟。传为蜀王杜宇(望帝)的魂魄所化,彻夜啼鸣,声音凄惨。

⑦砯崖:水流冲击岩石声。

⑧剑阁:在今四川剑阁县北。

⑨"所守"二句:典出张载《剑阁铭》:"形胜之地,匪亲勿居。"意指不亲信的人就会像豺狼一样可怕。

⑩锦城:即今成都市。

译文

啊！啊！多么高多么险！行走蜀道比登上青天还要艰难。蚕丛和鱼凫是古代蜀国的开国君主，他们开创蜀国的事迹多么遥远。开国以来四万八千年，因高山阻挡，与秦地不能互相往来。西面有太白山挡着，只有一条鸟飞的路线，从这条路，鸟可以横飞到峨眉山的山巅。地崩山塌牺牲了五位开山壮士，凿石架木建成了栈道，然后才把高峻的山路相接连。上面有日神驾着六龙也无法通过的山峰，下面有冲激的波浪回旋曲折的河川。健飞的黄鹤也无法飞过，轻盈的猿猱想过也难以攀缘。青泥岭是那样地回旋曲折，行走一百步环绕山峰要转九道弯。伸手就可以摸到天上的星辰，仰头一望，连气也不敢喘，只得抚着胸口坐下来长叹。你西游蜀地何时才能回还？可怕的路途，险峻的山岩，多么危险！只看见悲鸟在古树上哀鸣，雌雄一前一后环绕在树林间。又听见子规鸟在月夜里声声悲啼，令游人在空山中无限忧愁。在蜀道上行走比登上青天还难。听了此语，会使人失去青春红润的容颜。峰连着峰，离天不到一尺远，枯松倒挂下来斜靠在悬崖绝壁边。山上的瀑布和山下的急流汇成巨流奔腾喧哗，撞岩转石，千山万壑声如雷鸣一般。蜀道如此艰难，可叹远路西游的人为什么要到这里来。剑门关高峻又崎岖，如果一人守住关口，一万人也难以把它攻开。守关之人假如不亲近可靠，就会变成豺狼，成为祸患。人们在清晨须防备猛虎，深夜要躲避长蛇。它们磨牙吮血，杀人如同斩断乱麻。在锦城虽有无限欢乐，还不如早日还家。攀登蜀道，比登上青天还要艰难，侧身西望蜀地，使人禁不住长久地嗟叹！

作品赏析

这首诗是根据乐府旧题《蜀道难》诗题的传统内容，以雄健奔放的笔调，运用夸张形象的手法，描绘了由秦入蜀道路上的惊险而绮丽的山川景象。诗人以惊人的想象与高度的艺术夸张相结合，刻画了奇险而壮美的山川风貌，给读者以强烈的艺术感受，令人荡气回肠。诗中强调"所守或匪亲，化为狼与豺"，指出这一地区形势险要，随时有发生变乱的可能，表现了诗人在政治上的远见。诗中反复咏叹"蜀道之难难于上青天"，以此作为诗歌的主旋律突出蜀道的雄伟险峻，在结构上作了强烈的呼应，并增加了诗歌的抒情色彩。诗歌的句式参差错落，韵散兼用，极富变化，表现了李白在诗歌上不受格律平仄约束的特点。清代

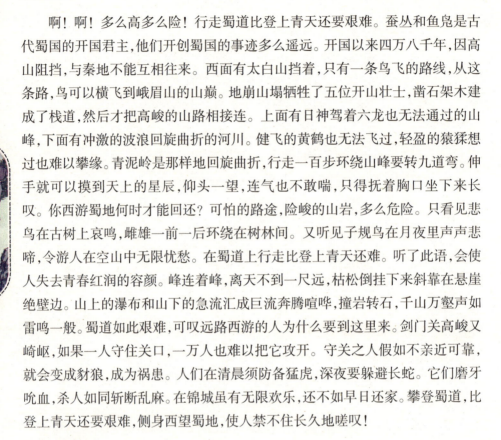

诗评家沈德潜称赞其为："笔阵纵横,如虬飞蠖动,起雷霆于指顾之间。"

行路难①

李 白

金樽清酒斗十千②,玉盘珍羞直万钱。
停杯投箸不能食,拔剑四顾心茫然③。
欲渡黄河冰塞川,将登太行雪满山。
闲来垂钓碧溪上④,忽复乘舟梦日边⑤。
行路难!行路难!多歧路,今安在?
长风破浪会有时⑥,直挂云帆济沧海。

注释

①《行路难》:古乐府《杂曲歌辞》旧题。
②斗十千:一斗酒值十千钱,并不是实际的酒价。
③"停杯"两句:出自鲍照《拟行路难》:"对案不能食,拔剑击柱长叹息!"
④"闲来"句:相传姜尚未遇文王时,曾于磻溪(今陕西宝鸡县磻溪乡)垂钓。
⑤"忽复"句:相传伊尹将受聘于商汤时,梦见自己乘船经过日月之旁。
⑥"长风"句:此句典出《宋书·宗悫传》:"宗悫少时,叔父炳问其志。悫曰:
'愿乘长风破万里浪。'"

译文

　　金杯里的美酒价钱极高,玉盘中珍奇的菜肴价值万钱。我停下酒杯,掷下筷子,无法下咽。拔出宝剑,张目四望,心中一片茫然。我想渡过黄河,却冰塞河川,我想登上太行,却大雪封山。姜尚未遇文王时曾在碧溪垂钓,伊尹受商汤聘用前忽梦乘舟过日月之边。行路难,行路难,岔路多,我要走的正路在何方?我将乘长风破巨浪,会有那一天,挂起高大的风帆,渡过大海。

作品赏析

　　《行路难》是乐府《杂曲歌辞》旧题，内容多写世事艰难。李白的《行路难》共三首，这是其中的第一首，是李白离开长安时所作。在这首诗里，写出了人生的艰难险阻，抒发了内心的愤懑不平，但仍然幻想着抱负总会有实现的一天，充满了积极乐观的精神。整首诗共十四句，八十二个字，却具有长篇的气势格局，感情跌宕起伏，跳荡纵横，气势高昂，令人亢奋，读罢令人感到生命的脉搏在跳动。是为人称颂的千古名篇，其中的"长风破浪会有时，直挂云帆济沧海"更是家喻户晓的名句。此外，诗人创作这首诗时受到了南朝宋文学家鲍照《拟行路难》的影响，但诗人却是"青出于蓝而胜于蓝"，在其基础上对题材和表现手法进行了创新，提高了思想境界和艺术表现力。

将 进 酒①

李　白

君不见黄河之水天上来②，奔流到海不复回。

君不见高堂明镜悲白发，朝如青丝暮成雪。

人生得意须尽欢，莫使金樽（zūn）空对月。

天生我材必有用，千金散尽还复来③。

烹羊宰牛且为乐，会须一饮三百杯④。

岑夫子，丹丘生⑤，将进酒，杯莫停。

与君歌一曲，请君为我倾耳听。

钟鼓馔（zhuàn）玉不足贵，但愿长醉不复醒。

古来圣贤皆寂寞，惟有饮者留其名。

陈王昔时宴平乐⑥，斗酒十千恣欢谑。

主人何为言少钱，径须沽（gū）取对君酌。

五花马，千金裘⑦，呼儿将出换美酒，与尔同销万古愁。

注释

①《将进酒》:汉乐府《鼓吹曲·铙歌》旧题。

②"君不见"句:诗人在此处用浪漫夸张的手法,更加突出了水流的奔逝不回。

③"天生我材"二句:既表现了诗人达观的个性,也是写实。

④三百杯:典出《世说新语》注引《郑玄别传》:"袁绍辟玄,及去,饯之城东,欲玄必醉。会者三百余人,皆离席奉觞,自旦至暮,度玄饮三百余杯,而温克之容,终日无怠。"

⑤岑夫子:姓岑名勋。丹丘生:姓元名丹丘,都是李白好友。

⑥陈王:指曹操第三子曹植,魏明帝时被封为陈王。平乐:就是平乐观,汉宫阙名,在今洛阳市。

⑦千金裘:典出《史记·孟尝君列传》:"孟尝君有一狐白裘,直千金,天下无双。"

译文

你可曾见到,黄河之水从天上流下来,奔流到大海,不再回还。你可曾见到,厅堂的明镜中,悲叹自己生了白发,清晨发如青丝,傍晚便如白雪一般。人生得意时该尽情欢乐,不要让酒杯空对明月。上天生下我为栋梁之才终究会发挥作用,千金用尽了还会再来。烹羊宰牛吧,让我们尽情地欢乐,应该整整地喝上三百杯。岑夫子、丹丘生,请喝酒,莫停杯。我为你们唱一曲,请你们侧耳倾听。荣华富贵不必在意,只愿长久地酣醉酒中不要清醒。自古以来圣贤之人身后默默无闻,只有饮者留下千古美名。从前陈王在平乐观摆设盛宴,一斗美酒值一万钱,他们借助酒兴尽情地欢娱戏谑。主人为什么说缺少钱,应该毫不犹豫地买来美酒与我们对着喝。名贵的五花马,价值千金的狐皮袍,叫侍童拿去换美酒,与你们一道解除万古忧愁。

作品赏析

《将进酒》属汉乐府《鼓吹曲·铙歌》旧题,内容多写宴饮放歌的情感。这首诗作于诗人离开长安以后,感到政治抱负无法施展,内心的苦闷无法排遣,便借酒发挥，以此来排解心中的苦闷，表现了诗人对权贵和世俗的蔑视，抒发了"天生我材必有用"的豪情。但由于诗人内心的矛盾无法解决，也流露出人生易老、及时行乐的消极情绪。全诗气势奔放，纵横捭阖，情感跌宕奔涌，语言豪迈，句法明快多变；夸张手法运用得炉火纯青，绝无空洞浮夸之感；诗句以散行为主，又运用短小的对仗加以点染（"岑夫子，丹丘生"、"五花马，千金裘"），使得诗句的节奏疾徐尽变，奔放却不流易。是诗人的代表作之一。沈德潜的《唐诗别裁》称赞其谓："读李诗者于雄快之中，得其深远宕逸之神，才是谪仙人面目。"

兵 车 行①

杜 甫

车辚(lín)辚，马萧萧，行人弓箭各在腰。

耶娘妻子走相送，尘埃不见咸阳桥②。

牵衣顿足拦道哭，哭声直上干云霄。

道旁过者问行人，行人但云点行频③！

或从十五北防河④，便至四十西营田。

去时里正与裹头⑤，归来头白还戍边。

边庭流血成海水，武皇开边意未已！

君不闻汉家山东⑥二百州，千村万落生荆杞。

纵有健妇把锄犁，禾生陇亩无东西。

况复秦兵耐苦战，被驱不异犬与鸡。

长者虽有问，役夫敢申恨？

且如今年冬，未休关西卒。

县官急索租，租税从何出？

信知生男恶，反是生女好；

生女犹得嫁比邻，生男埋没随百草！

君不见青海头，古来白骨无人收。

新鬼烦冤旧鬼哭，天阴雨湿声啾(jiū)啾！

注释

①兵车行:这一首同下面三首都是杜甫自创以内容为题的乐府新辞。

②咸阳桥:在今陕西咸阳市西南,通往西域的大道。

③点行频:点名征召的事非常频繁。

④防河:《旧唐书》载,开元十五年(727)十二月,由于吐蕃侵扰黄河以西(今甘肃、宁夏)各地,遂将陇右、河西、关中、朔方诸军十余万人集中驻守,简称防河。

⑤里正:古代县以下设乡和里,一"里"单位的长官叫里正。与裹头:古时用皂罗三尺裹头当头巾,以示成年,十五岁因年小尚未学会,由里正代裹。

⑥山东:指华山以东,今河北一带。

译文

兵车在辚辚作响,战马在萧萧嘶鸣,从军出征的人各自把弓箭挂在腰。父母妻子赶来送别,人和车马扬起的灰尘遮盖了咸阳桥。出征的和送行的牵衣顿足阻在道路上哀哭,哭声悲切,直冲云霄。路边过路人询问出征者,出征者只说这是不断地点兵出征。有的从十五岁就去北边防守河西,到了四十岁还要去西面屯田。去的时候因为年幼,里正替他裹头,回乡时已白了头,却还要去戍守边塞。战士在边疆流下的鲜血能汇成大海,但武皇开拓疆土的意愿还没有停止。你不曾听说汉家华山以东的两百个州郡,千万个村庄都长满了荆棘。即使有强健的妇人在耕作,庄稼在垄亩上也长得不成行列。况且秦地的兵士能苦战,所以被派遣去作战如同驱赶鸡狗一般。虽然你老人家询问,我们征夫岂敢诉说怨恨?就像今年冬天吧,关西一带一直打个不停。县官紧急索取租税,租税怎能交得出?早知道生男孩招来许多麻烦,倒不如生女孩好。生下的女孩还能嫁在近邻,生下的男孩只会战死沙场,埋在荒草中。你可曾看见青海湖边,自古以来,战死者的尸骨无人收拾。新鬼愁烦,旧鬼哀哭,阴雨里哭声啾啾。

作品赏析

这是杜甫"即事名篇"的新题乐府诗,自创新题以写时事,大约写于玄宗天宝十年(751)。由于统治者不断进行开拓边土的战争,士兵大量死亡。仅天宝十年这一年中,鲜于仲通讨南诏,高仙芝击大食,安禄山进军契丹,结果唐军无一不败。为了补充兵员,百姓忍受着极大的兵役痛苦,杨国忠甚至遣御史分道捕人,连枷送军行。于是行者愁怨,父母妻子送之,所在之地哭声震野。杜甫把他在咸阳桥附近亲见亲闻的情况,写成这首诗,借役夫的话,诉说了人民的痛苦和愤恨,也控诉了封建统治者穷兵黩武的罪行,具有深刻的社会意义和思想内涵。诗歌的章法严整而又善于变化,诗中多处运用了"顶真"的手法,音韵和谐,富于顿挫。用字遣词有分量,有分寸,有音响,有色彩。作为叙事诗却不平铺直叙,字字句句都充满了作者的感情。《唐宋诗醇》云:"此体创自老杜,讽刺时事而托为征夫问答之词。言之者无罪,闻之者足以为戒,《小雅》遗音也。篇首写得行色匆匆,笔势汹涌,如风潮骤至,不可逼视。以下出点行之频,出开边之非,然后正说时事,末以惨语结之。词意沉郁,音节悲壮,此天地商声,不可强为也。"其中的"去时里正与裹头,归来头白还戍边"和"生女犹得嫁比邻,生男埋没随百草"是亘古不变的佳句。

丽 人 行

杜 甫

三月三日天气新①,长安水边多丽人。

态浓意远淑且真,肌理细腻骨肉匀。

绣罗衣裳照暮春,蹙金孔雀银麒麟。

头上何所有?翠微匎(è)叶垂鬓唇。

背后何所见?珠压腰衱稳称身。

就中云幕椒房亲②,赐名大国虢与秦③。

紫驼之峰出翠釜,水精之盘行素鳞。

犀箸厌饫久未下,鸾刀缕切空纷纶④。

黄门⑤飞鞚不动尘,御厨络绎送八珍。

箫鼓哀吟感鬼神,宾从杂遝实要津⑥。

后来鞍马何逡巡,当轩下马入锦茵。

杨花雪落覆白蘋⑦,青鸟飞去衔红巾⑧。

炙手可热势绝伦,慎莫近前丞相嗔。

注释

①三月三日：为上巳节，古代习俗。古人在这日到水边祭祀，以除灾求福，后演变为水边饮宴、郊外游春的节日。

②云幕：出自《西京杂记》："成帝设云幄、云帐、云幕于甘泉紫殿。"后称后妃的住处。椒房：指皇后所居，这里指杨贵妃。

③赐名大国：典出《旧唐书·杨贵妃传》："（太真）有姊三人，皆有才貌，玄宗并封国夫人之号：长曰大姨，封韩国；三姨，封虢国；八姨，封秦国。并承恩泽，出入宫掖，势倾天下。"

④鸾刀：带小铃的刀，古代祭祀割牲用。空纷纶：白忙碌了一阵。

⑤黄门：太监的通称，任事在黄门之内。

⑥宾从：攀附和随从杨氏姐妹的宾客。杂遝：杂乱且众多。要津：皆取得了重要地位。

⑦"杨花"句：这句隐喻杨国忠与从妹虢国夫人的暧昧关系。

⑧青鸟：《汉武故事》记载，青鸟是西王母的侍者和衔书的使者。红巾：古代妇女定情之物，这句指他们私下里幽会。

译文

三月三日天气格外清新，长安的曲江边来了许多美人。姿色艳丽、神态高雅，自然而又娴静，皮肤多么细嫩，身材适中匀称。罗衣上金线绣着孔雀，银线绣着麒麟，在阳春风景中显得光彩照人。头上插戴着什么？翠玉制成的发饰垂在鬓边。背后看见的是什么？衣后裾缀满珍珠，衣服显得多么妥帖合身。这些美女中有贵妃的亲眷，天子赐予她们封号为虢国和秦国夫人。翡翠锅煮出紫色的驼峰肉，水晶盘盛着鲜鱼。她们举起象牙筷，因为吃腻了，久久不能下筷，御厨们用装有鸾铃的刀把肉切成细丝，不过是空忙一番。太监们骑马多么纯熟，一路上没有扬起灰尘，从皇家的厨房里接连送来名贵的美味。箫管声声吹奏能感动鬼神，众多随从在曲江塞满了交通要道。最后来的那人骑着高头大马神态舒缓，顾盼自得，到了门口才下马踏上华贵的锦褥。杨花像雪一样飘落覆盖白蘋，青鸟衔着红巾飞去暗传消息。他的气焰逼人，权势无人可比，千万不要近前，惹得丞相生气。

作品赏析

　　唐玄宗末年，杨贵妃受宠，杨氏兄妹都因此而显贵。杨贵妃从兄杨国忠于天宝十一年(752)任右丞相，大姐封韩国夫人，三姐封虢国夫人，八姐封秦国夫人。这首诗作于天宝十二年(753)的春天。通过对杨氏兄妹骄奢淫逸生活的描写，揭露了玄宗后期政治上的黑暗。诗从曲江春游的贵族妇人写起，转而描述秦、虢二夫人饮食的优厚，箫管音乐的繁盛，宾从趋附的众多，紧接着写杨国忠的骄横。诗中只是直接描写而不加评论慨叹，却语带讽刺，创作意图鲜明，思想深刻。正如清代学者浦起龙《读杜心解》所说，达到了"无一刺讥语，描摹处语语刺讥。无一概叹声，点逗处声声慨叹"的艺术效果。清代仇兆鳌的《杜诗详注》评价其为："此诗刺诸杨游宴曲江之事……本写秦、虢冶容，乃概言丽人以隐括之，此诗家含蓄得体处。"

五言律诗

望月怀远

张九龄

海上生明月，天涯共此时。
情人怨遥夜，竟夕起相思。
灭烛怜光满，披衣觉露滋。
不堪盈手赠①，还寝梦佳期。

注释

①"不堪"句：指月光美好，却不能拿手捧住来相赠。

译文

海上升起了一轮明月，你我虽然相隔遥远，我们却在此时共同拥有明月的光辉。有情人怨恨漫漫的长夜，我整夜里把你思念。灭掉灯烛后，我爱明月皎洁的光芒，披衣去户外久久地望着明月，不知不觉露水沾湿了衣裳。月光多么美好，我却无法掬一捧清辉赠给你，倒不如回屋睡觉，或许睡梦中我们能够相会。

作品赏析

这是一首写景兼抒情的诗，意在抒写想念远人的幽情。诗人由望月而起相思，因想念远人而久望月，以致露滋沾衣，又生奇想捧月光相赠却不能，于是寄

相思于梦中。全诗将情和景融成一片,情和景无法分辨,情中有景,景中有情,情感真挚,达到了极高的境界;意境幽静秀丽,韵味无穷;语言明快,自然浑成,铿锵有力;笔调生动活泼,深情绵缈;对偶工整,颔联"情人怨遥夜,竟夕起相思"采用流水对的形式,与首联衔接密切,自然流畅。《增定评注唐诗正声》引郭云:"清浑不著,又不佻薄,较杜审言《望月》更有余味。"《唐诗刊选脉会通评林》评价这首诗谓:"通篇全以骨力胜,即'灭烛'、'光满'四字,正是月之神。用一'怜'字,便含下结意,可思不可言。"其中的"海上生明月,天涯共此时"为千古传诵的名句。

送杜少府之任蜀州①

王勃

作者小传

王勃(649或650—676),字子安,绛州龙门(今山西河津)人。年十四,举幽素科,授朝散郎,曾任虢州参军,后溺水惊悸而死。王勃与杨炯、卢照邻、骆宾王齐名,世称"初唐四杰"。他们的骈文音律和谐,对仗精确,句式齐整。他们的诗虽未尽脱六朝藻绘习气,但已较为流丽清新,有雄浑的气象,显示出唐代诗风正朝着新的方向发展。他们对于五言律诗格律的建设和七言歌行的提高,也有很大贡献。"四杰"之中,以王勃才气最高。有《王子安集》二十卷。

城阙(què)辅三秦②,风烟望五津③。

与君离别意,同是宦游人。

海内存知己,天涯若比邻。

无为在歧路,儿女共沾巾。

注释

①少府:即县尉。蜀州:在今四川崇庆县。

②三秦:项羽在灭秦后,曾将秦地分为雍、塞、翟三国,此处指今陕西一带。城阙:指京城长安。

③五津:岷江的五大渡口:白华津、万里津、江首津、涉头津、江南津。

译文

　　三秦拱卫着雄伟的长安城,透过辽阔的风光遥望五津。你我都是远游四方以求仕进的宦游人,分别时我们都怀着离情别意。四海之内只要我们把朋友放在心间,哪怕相隔天涯也如近邻。不要在岔路口分手之处,像少男少女一样泪湿佩巾。

作品赏析

　　这首诗是王勃在长安任职时为送别杜少府赴蜀上任而作,是一首送别诗。意在劝慰杜少府不要为离别而悲哀。诗的起首就离别的地点引出友人赴任的地点,两地景象开阔,诗句语气豪迈,为结尾抒发的乐观情绪铺平道路,营造气氛。颔联述离别之情,却无悲伤,旨在互相勉励。颈联以"海内存知己,天涯若比邻"抒发旷达情怀,洋溢着积极向上的进取精神。尾联劝慰友人不必像儿女一样伤别,表现出诗人壮阔的胸怀。全诗情调高昂,写送别而无悲伤。用朴素的语言直抒胸臆,表达了深挚的情谊和旷达的襟怀,历来为人所传诵。这首诗改变了六朝以来诗歌的浮艳诗风,开创了雄浑质朴却又横溢奔放的刚健诗风,这种诗风成为唐朝的一种主导风格,为新诗体的出现和形成做出了贡献。

小百科 / XiaoBaiKe

　　古人虽然不像我们现代这样有各种各样的香皂、沐浴露和洗发膏等洗浴用品,但他们比我们想象的要讲卫生。早在先秦时期,古人便养成了"三日一洗头,五日一沐浴"的生活习惯。汉代,政府部门甚至还出现了"休沐",就是说官员在工作一定时间后,能专休一天假来洗澡沐浴。此外还有人为沐浴专门著书立说,比如南朝的梁简文帝萧纲就因为喜欢洗澡而专门写了一篇《沐浴经》。古人洗头更勤,经常使用清水和"天然清洁剂"——无患子,来洗头。

在狱咏蝉

骆宾王

作者小传

骆宾王(约638—?),婺州义乌(今浙江义乌)人。曾任长安主簿、侍御史。因上书议论朝政,触怒武后而被诬下狱。出狱后又被贬为临海(今浙江临海市)丞,快快不得志,弃官而去。中宗嗣圣元年(684),徐敬业在扬州起兵讨伐武则天,骆宾王投奔徐敬业,为其草拟《讨武曌檄》。兵败,不知所终。骆宾王少负才名,是"初唐四杰"之一,擅长七言歌行,五言律诗也有佳作。有《骆宾王文集》。

西陆蝉声唱①,南冠客思深②。
不堪玄鬓影③,来对白头吟④。
露重飞难进,风多响易沉。
无人信高洁,谁为表予心?

注释

①西陆:指秋天。
②南冠:南方楚国人戴的帽子,后来用它代称囚徒。
③玄鬓:蝉黑色的双翼,曾被年轻妇女模仿为发式。这里指青春的两鬓。
④白头吟:语出乐府《杂曲歌辞·古歌》:"谁不怀忧,令我白头。"

译文

深秋里秋蝉不停地长鸣,触动了身陷狱中的我念家思乡的愁情。哪禁得住乌黑的蝉影,对我这已白头之人高声悲鸣。秋露浓重有翼也难以向前飞进,秋风阵阵歌声也容易因被淹没而变得消沉。无人相信我如秋蝉一样清高廉洁,有谁来替我表白此种心意?

作品赏析

骆宾王在侍御史任上,几次上书议论朝政,触怒武后而被诬任长安主簿时犯有赃罪而下狱。他有满腹的冤屈无处申诉,正好狱中有几棵古槐,树上秋蝉悲吟，触动了他，写下了这首诗。诗人通过咏叹，抒发自己含冤入狱的忧伤，流露了对迫害他的恶势力的不平，并且希望朋友们能够相信他的清白，替他辩白冤屈。全诗语言凝练简洁，饱含沉郁哀伤的感情，富有感染力。魏晋南北朝时期的诗歌"绮丽不足珍"，陷入了萧条冷落的局面，这首诗从形式和内容方面进行了彻底的变革，风格特色回归到汉魏时期诗歌关注现实和人生命运的优秀传统上，为唐代诗歌改革开创了历史先河。

杂 诗

沈佺期

作者小传

　　沈佺期（约 656—713），字云卿，相州内黄（今河南内黄西）人。上元二年（675）进士。历任起居郎、修文馆直学士、中书舍人、太子少詹事等官。沈佺期与宋之问同是当时的宫廷文人，生活经历和创作道路也基本相似。作品大多是歌颂升平的应制之作，内容贫乏。被贬后，生活上的失意令其感受颇多，因此诗的内容相对比较充实。他们在贬地所作的记行述感之作，感情真挚，技巧成熟，对促进唐代律诗的成熟有极大的影响。《全唐诗》录存其诗三卷。

闻道黄龙戍①，频年不解兵。

可怜闺里月，长在汉家营。

少妇今春意，良人昨夜情。

谁能将旗鼓，一为取龙城②？

注释

　　①黄龙：城名，即今辽宁省开源北。
　　②龙城：在今蒙古国境内，从诗意看，这里所指的龙城当即黄龙城。

译文

　　听说黄龙城屡发事故，连年征战不撤兵。那可爱的照见我闺房的明月，如今却长照汉家的军营。少妇年年怀春的心意，也就是丈夫夜夜思归的恋情。谁能够率领千军万马,一举攻破敌军的龙城,让思妇、征夫团聚,永不分离?

作品赏析

这首诗抒写征夫和少妇两地相思之苦,同时也是写征戍之苦,表达了诗人对处于水深火热中的人民的深切关怀和同情,充满了非战色彩。诗的开篇便交代了战争连年频繁不断,即"闻道黄龙戍,频年不解兵",为后来诗人抒发感慨埋下伏笔。诗的构思奇特,尤其是中间两联"可怜闺里月,长在汉家营。少妇今春意,良人昨夜情",生动地写出了少妇和征人之间的互相思念,以同赏明月来遥寄相思之情。最后两句"谁能将旗鼓,一为取龙城",突出表达了征夫和思妇希望结束战争,使家人早日团聚,过上和平、宁静的生活的心愿。全诗扣住一个"怜"字,写儿女情,诗意蕴藉,情调缠绵。后人评价他的近体诗"吞吐含芳,安详合度"。这首诗正体现了这种风格,是沈佺期的传世名作。

次北固山下① 王湾

作者小传

王湾(生卒不详),洛阳人。玄宗先天年间(712—713)进士。开元初任荥阳(今河南荥阳市)主簿,后参加编次四部典籍和校丽正院书。他一生仕途坎坷,官终洛阳尉。他是开元时的著名诗人之一,但作品大都散失。《全唐诗》录存其诗十首。

客路青山下,行舟绿水前。
潮平两岸阔,风正一帆悬。
海日生残夜,江春入旧年。
乡书何处达?归雁洛阳边②。

注释

①北固山:在今江苏镇江市北。次:停泊。
②雁:语出《汉书·李广苏建传》:"匈奴与汉和亲,汉求武等,匈奴诡言武死。后汉使复至匈奴……谓单于,言天子射上林中,得雁,足有系帛书,言武等在某

泽中……单于视左右而惊,谢汉使曰:'武等实在。'"后世就以雁代称信使和书信。

译文

我的小舟路过青翠的北固山,漂行在碧绿的长江水面上。潮水上涨,与两岸相平,更显得水面宽阔,顺风东下,船帆高高悬挂。渐见海口处,红日初升,夜色已残。旧年虽未过去,而春意已降临。家信从何处传递?指望北归的鸿雁飞向洛阳那边。

作品赏析

这是一首触景生情的写景诗,因长江的风景,引起旅途的乡愁。"潮平两岸阔,风正一帆悬"写长江下游潮涨江阔,波涛滚滚,诗人扬帆东下的壮观景象,气概豪迈。"海日生残夜,江春入旧年"为历来传诵的名句,描绘了昼夜和冬春交替过程中的景象和诗人心中的喜悦,由此而引动乡思,不仅写景逼真,叙事确切,还表达了生活真理,给人以积极乐观的鼓舞力量。这句与"沉舟侧畔千帆过,病树前头万木春"有异曲同工之妙。明代胡应麟在《诗薮·内编》中曰:"'海日'一联'形容景物,妙绝千古'。"唐代殷璠在《河岳英灵集》里评价:"诗人以来,少有此句。张燕公(张说)手题政事堂,每示能文,令为楷式。"全诗把春景和乡思和谐地融合在一起,是一篇脍炙人口的佳作。

题破山寺后禅院①

常 建

清晨入古寺,初日照高林。
曲径通幽处,禅房花木深。
山光悦鸟性,潭影空人心。
万籁此俱寂,但馀钟磬音②。

注释

①破山寺:又名兴福寺,在今江苏常熟市西北的虞山。

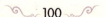

②磬：一种敲击的乐器。

译文

　　清晨我走进这古老的寺院，初升的太阳照耀着高峻的山林。弯曲的小道通向幽静的地方，禅房坐落在繁花秀木的深处。山林的风光使小鸟怡然自得，潭中的倒影使人忘却俗尘。自然界的一切声响在此都已寂静，只听见报晓的钟磬声。

作品赏析

　　这是一首题壁诗，描写破山寺后禅院景物的幽静，一向传为名作。欧阳修《题青州山斋》曰："吾尝喜诵常建诗云：'曲径通幽处，禅房花木深。'欲效其语作一联，久不可得。乃知造意者为难工也。"前人对此诗中的名句倍加赞赏，原因在于诗人将生活中的真情实感与景物的描写融合得十分自然，浑然天成，既点题，又显意，刻意求工是达不到这种境界的，这种"曲径通幽"的美学在中国古典园林上被广泛运用。整首诗语言清新朴素，对仗工整，比兴运用巧妙，意境幽美浑融，风格闲雅清警，构思巧妙，委婉含蓄。唐代殷璠《河岳英灵集》评价常建的诗歌艺术特点云："建诗似初发通庄，却寻野径，百里之外，方归大道。所以其旨远，其兴僻，佳句辄来，唯论意表。"

赠孟浩然

李　白

吾爱孟夫子，风流天下闻。
红颜弃轩冕①，白首卧松云。
醉月频中圣②，迷花不事君。
高山安可仰③，徒此揖清芬④。

注释

①红颜：正当年轻。轩：车子。冕：高官戴的帽子。

②中圣：古时嗜酒者的隐语。中，本读去声，如中暑、中风，但这里由于平仄

谐调故,仍读平声。

③高山:此处比喻孟浩然的品格像高山,虽仰望不能见顶。

④清芬:高尚的品格。

译文

我深深地敬仰你啊,孟夫子,你清高的品德天下闻名。在青年时期就不贪恋荣华富贵,年老时便隐居山林。皓月下常常沉醉不醒,只迷恋山林花草不愿侍奉皇帝。你的品行如高山一样峻伟我怎敢攀比,我只有拱手相拜钦敬你高尚的品行。

作品赏析

这是一首五言律诗,诗中塑造了高士隐逸的鲜明形象,热情赞美了孟浩然隐居不仕的清高品格,表达了诗人对他的崇敬之情。但诗中所述与孟浩然的思想并不相符。孟浩然在青年时期曾游京师,屡试不第,不得已而回襄阳。张九龄任荆州长史时,他被召为从事,因而不能说他"红颜弃轩冕"、"迷花不事君"。孟浩然的隐居和李白表达对隐居生活的向往,实际上是为了求得人们和朝廷对他们的重视,以此作为仕进之资。全诗语言自然古朴,格调简远,用典自然,毫无斧凿痕迹,对偶巧妙,全无板滞之病,感情自然流畅,犹如行云流水,格律洒脱飘逸。前人评价李白的诗为"太白于律,犹为古诗之遗,情深而词显,又出乎自然,要其旨趣所归,开郁宣滞,特于风骚为近焉"。

渡荆门送别①

李 白

渡远荆门外,来从楚国游。
山随平野尽,江入大荒流。
月下飞天镜,云生结海楼。
仍怜故乡水,万里送行舟。

注释

①荆门：山名，今湖北宜都市西北，长江南岸。

译文

我乘船从荆门以外的地方远道而来，为的是到古代楚国一带游览。高山随着平原的展现而隐去，大江进入无边无际的原野而汹涌奔流。明月倒映江中，像天外飞来一面明镜，江面上云彩变幻，在空中结成了奇妙的海市蜃楼。我仍然喜爱故乡的江水，万里迢迢送我泛舟远游。

作品赏析

这首诗是李白二十五岁时离川渡荆门时写下的，这是诗人第一次离开家乡，开始他的漫游全国之举，以此来实现自己的理想抱负。诗中描绘了长江出三峡流入平原地带的壮阔景象。由于整个旅程是沿江东下，所以句句与水相关。最后两句，以故乡的水为自己送行的想象，抒发了自己对故乡的热爱。全诗语言优美，意境高远，景色壮丽，风格雄健，充分反映了诗人从蜀中初到平原时的喜悦心情和宽阔的胸襟，表现了诗人对祖国河山和家乡的无比热爱。但清沈德潜在《唐诗别裁》中批评其曰："诗中无送别意，题中二字可删。"从全诗来看，题目中的"送别"应是告别故乡而不是送别朋友，诗里并没有描写送别朋友的场景和离情别绪，尤其是最后一句"仍怜故乡水，万里送行舟"更道出了诗人思乡之深情。尽管如此，这些都不会影响这首诗的艺术魅力。

送友人

李白

青山横北郭①，白水绕东城。

此地一为别，孤蓬万里征②。

浮云游子意，落日故人情。

挥手自兹去，萧萧班马鸣③。

注释

①北郭:即北面的外城。郭,外城。
②蓬:草名。这里比喻远行的友人。
③萧萧:马鸣声。班:分别。

译文

　　青翠的大山横卧在北城的郊外,清清的河水环绕着东城。在此处一旦分别,你将如蓬草随风飘飞万里。你离家远游,如浮云飘忽,行踪不定,落日徐徐难下,似有留恋,便是我对你的惜别之情。挥手告别,我们从此地分开,离别的马儿也萧萧长鸣。

作品赏析

　　这是一首送别诗,送别的友人姓名不详。这首诗通过对送别环境的描写,表达了李白与友人的依依惜别之情。"浮云游子意,落日故人情"句,对仗工整,"浮云"对"落日","游子意"对"故人情",却自然巧妙,形容友人行踪飘忽不定与自己对友人的依依不舍之情,既有景,又有情,情景交融,扣人心弦,境界雄浑壮阔。末句"萧萧班马鸣"出自《诗经·小雅·车攻》:"萧萧马鸣。"更增添了别时的惆怅,也给别时渲染了一种悲凉壮阔的气氛。整首诗充满了诗情画意,青山、白水、浮云、落日等景象构成了天高水阔的意境,色彩感极美,还有班马萧萧长鸣,构成了一幅有声有色的画面,形象活泼新鲜,感情热烈真挚,情调乐观豁达,给人以新颖别致之感。

春　望

杜 甫

国破山河在,城春草木深。
感时花溅泪,恨别鸟惊心。
烽火连三月,家书抵万金。

白头搔(sāo)更短，浑欲不胜簪①(zān)。

注释

①不胜簪：由于愁急而乱搔头发，白发已少得连簪子都插不住了。

译文

国都已经残破，山河依旧在目，人事却已全非。长安城里的春天，人烟稀少，草木丛生，一片荒凉。感念国事，见鲜花盛开，我禁不住伤心流泪。恨别家人，听鸟啼鸣，我惶惶不安，失魂惊心。战火接连三月不曾间断，接到一封家信抵得万两黄金。忧国思家，我满头白发越抓越少，简直再也插不住小小的发簪。

作品赏析

这首诗是杜甫被叛军掳到长安，在唐肃宗至德二年(757)三月所作。当时长安被安史叛军焚掠一空，满目荒凉。诗人触景生情，抒发了忧时伤乱的感慨。全诗紧扣一个"望"字，抒写爱国情怀。一、二句写"望"中所见，以"城春草木深"描绘国破后的荒凉景象，为全诗的爱国思想的发展揭开序幕。三、四句写"望"中所感，望花鸟而溅泪、惊心，痛惜皇室、百姓遭受的惨祸，家人遭受的分离。五、六句写"望"中所想，想到战火不断的国事、信息断绝的家事，直抒忧国怀乡之情。最后两句写"望"后所引起的不自觉的动作，描绘因国事、家事而焦虑、忧愁，频频搔首的诗人自我形象，形象地表达出诗人的满腔爱国情怀。全诗语言精练，音律和谐，内容丰富，情景交融，感情深沉，有诗人"沉郁顿挫"的诗风。通篇还运用了比喻、通感、反复、联想、对比、渲染等表现手法。徐应佩、周溶泉等评此诗曰："意脉贯通而不平直，情景兼备而不游离，感情强烈而不浅露，内容丰富而不芜杂，格律严谨而不板滞。"

❀ 月 夜 ❀

杜甫

今夜鄜州月①，闺中只独看。

遥怜小儿女，未解忆长安。

香雾云鬟湿，清辉玉臂寒。

何时倚虚幌，双照泪痕干？

注释

①鄜州：今天的陕西富县。

译文

今夜鄜州的明月，我那闺中人在独自观看。遥想我那幼小的儿女，不懂得母亲在想念长安。雾深露重，会沾湿她稠密的乌发，明月清辉之下，她洁白的双臂会渐觉凉寒。我们何时才能团聚，共倚帷幕，月亮照着我们两人，互相将脸上的泪痕擦干。

作品赏析

天宝十五年(756)六月，安史叛军进攻长安，杜甫携家逃难，住在鄜州。七月，肃宗在灵武即位，杜甫独自前往投奔，途中为叛军所俘，带到长安，因官卑职小，未被囚禁。从此，他在沦陷的都城里住了半年时间。诗中抒发诗人对妻子的思念，以及妻子对诗人的思念之情，从而进一步表达了诗人忧国忧民的伟大胸怀。

这首诗写月夜思家的心情，写法上非常特别。王嗣奭《杜臆》云："公本思家，偏想家人思己，已进一层，至念及儿女不能思，又进一层。发湿臂寒，看月之久也，月愈好而苦愈增，语丽情悲，末又想到聚首时对月舒愁之状，词旨婉切。"

全诗构思精巧，采用从对方设想的方式来描写，清浦起龙的《读杜心解》评云："心已驰神到彼，诗从对面飞来，悲婉微至，精丽绝伦，又妙在无一字不从月色照出也。"这种方法受到了后人的广泛运用。

月夜忆舍弟

杜甫

戍鼓断人行，边秋一雁声。

露从今夜白，月是故乡明。

有弟皆分散，无家问死生。

寄书长不达，况乃未休兵①**。**

注释

①"况乃"句：此句指史思明已经打下汴州，又向洛阳进攻。

译文

戍楼上传来更鼓的声音，道路上无人通行，边塞荒凉的深秋里，传来了鸿雁的啼鸣。霜露在今夜里格外洁白，故乡的月色应更加明亮。虽有兄弟，却分散在各地，没有了家园，去何方探问他们的死生？寄出的书信长久不能到达，况且连年战争还没有休兵。

作品赏析

这首诗是乾元二年(759)，杜甫流寓秦州(今甘肃天水市)怀念其弟而作。杜甫有弟四人：杜颖、杜观、杜丰、杜占。安史之乱后，分散东西，分别流落在山东、河南，只有杜占在诗人身边。杜甫流落到秦州，月夜中闻戍鼓、雁声，见白露、月色，感物伤怀，引发了对诸弟的思念之情。兄弟的分散是因战乱所致，诗中把家庭的痛苦与战乱结合起来，深刻地反映了当时家庭和国家的苦难，同时也抒发了作者对故乡的怀念。"露从今夜白，月是故乡明"历来被人传诵，用来表达人们对故乡的思念之情。北宋学者王得臣的《麈史》评价谓："子美善于用事及常语，多离析或倒句，则语健而体峻，意亦深稳。"这首诗对后人的影响颇深，梁启超曾说过："我以为工部最少可以当得起'情圣'的徽号，因为他的情感的内容，是极丰富的，极真实的，极深刻的。他表情的方法又极熟练，能鞭辟到最深处，能将他全部反映不走样子，能像电气一般一振一荡地打到别人的心弦上。中国文学界写情圣手，没有人比得上，所以我叫他做'情圣'。"可见这首诗带给人的感情多么震撼。

天末怀李白

杜甫

凉风起天末,君子意如何?

鸿雁几时到?江湖秋水多。

文章憎命达,魑(chī)魅(mèi)喜人过①。

应共冤魂语,投诗赠汨罗②。

注释

①魑魅:传说中食人的怪物。

②汨罗:江名,流经今湖南汨罗市境内。离市十五公里处有屈潭,是屈原自沉处。

译文

萧索的秋风从天边吹来,不知你目前的心情如何。鸿雁何时才能到来,把你的音信告诉我? 江湖中秋水深广,风急浪阔。文才卓绝的人命运总不通达,你要当心,人面兽身的精怪最喜欢人从它面前经过。你是否与含冤屈死的屈原说话,将诗篇投入汨罗,把你的冤情诉说。

作品赏析

这首诗作于乾元二年(759),杜甫在秦州得知李白因参与永王李璘幕府而被流放夜郎,随后写下此诗和《梦李白》二首,其实此时,李白已被赦放还。当时李白在南方,杜甫因秋风起而寄怀想,表达了对李白命运的极度关切和忧虑。杜甫深知李白参与永王李璘幕府完全是想为国出力,抵御叛军,恢复王室。永王璘失败而牵连李白,不过是肃宗为了排除异己罢了。因而诗人把李白的冤枉与屈原相提并论,并以"文章憎命达,魑魅喜人过"为李白鸣不平,表现了诗人对李白的处境极为担心和一片怀念的深情。最后一句"投诗赠汨罗"的"赠"字运用得极妙,可见诗人的文字锤炼功底。明末清初学者黄生在《读杜诗说》中赞扬曰:"不

曰吊而曰赠，说得冤魂活现。"

旅夜书怀

杜 甫

细草微风岸，危樯①独夜舟。
星垂平野阔，月涌大江流。
名岂文章著？官因老病休。
飘飘何所似？天地一沙鸥。

注释

①危樯：指带桅杆的船。

译文

微风吹着岸边的小草，一艘高高地竖起桅杆的小船独自夜泊在江边。万点星光映照空旷的原野，明月投影随波流。我的名声难道是因为文章而显赫？官位则是因为年老多病而罢休。四处飘零好像什么？在茫茫的天地间，如同一只孤零零的沙鸥。

作品赏析

这首诗是代宗永泰元年(765)杜甫带着全家离开成都乘舟下渝州(今重庆)、忠州(今重庆忠县)一带时所作。广德二年(764)，严武再镇西川，执意劝杜甫入幕府。杜甫难却旧情，只好勉强就任，但终于在永泰元年正月辞职回草堂，不久携家乘舟东下。诗中抒发了诗人怀才不遇半生漂泊的情怀。诗的前半部分描绘江上夜景，境界开阔雄壮，动静结合。诗的后半部分抒写旅夜的感慨，以反语的形式对自己在政治上的抱负不得实现表示极大的愤慨。最后两句以沙鸥自比，描绘自己一生漂泊的情形。这首诗是杜甫五言律诗中的经典之作，历来受人赞赏。明代谢榛的《四溟诗话》评此诗云："句法森严，'涌'字尤奇。"《瀛奎律髓汇评》引纪昀语："通首神完气足，气象万千，可当雄浑之品。"

登岳阳楼①

杜甫

昔闻洞庭水，今上岳阳楼。
吴楚东南坼，乾坤日夜浮。
亲朋无一字，老病有孤舟。
戎马关山北，凭轩涕泗流。

注释

①岳阳楼：在今湖南岳阳市，古岳阳城西门楼。

译文

　　早就听闻著名的洞庭湖，如今我登上了岳阳楼。宽广的洞庭啊，把吴楚从东南隔开，天地日月似乎日夜漂浮在湖上。我得不到亲朋的片言只字，年老多病卧在一叶舟中。北边的关山战争未息，凭栏远望，不禁热泪横流。

作品赏析

　　这首诗作于代宗大历三年(768)冬。这年正月，杜甫由夔州出峡，漂泊在江湘一带。这首诗写登岳阳楼时所见的景象和身世感慨以及忧时之情。诗人面对广阔浩大的洞庭湖，慨叹亲朋音信杳然，自己老病无依，继而北望联想到兵乱未停歇，将个人命运的凄惨与国家的忧患联系在一起，不由得伤心落泪。诗中把个人的身世感慨、国家的忧患与壮阔的自然景物相映衬，显得意境高远而悲凉，成为历代描写洞庭湖的名作之一，亦被誉为古今"登楼第一诗"。全诗语言清新却又沉郁，意境开阔，虚实相映，今昔对比，风格雄浑。宋代胡仔《苕溪渔隐丛话》引蔡绦《西清诗话》云："洞庭天下壮观，自昔骚人墨客，题之者众矣……然未若孟浩然'气蒸云梦泽，波撼岳阳城'，读之则洞庭空旷无际，气象雄张，旷然如在目前。至于读杜子美诗，则又不然，大与诸子迥别：'吴楚东南坼，乾坤日夜浮'，不知少陵胸中吞几云梦也。"欧阳修《六一诗话》引梅尧臣语："状难写之景，如在目前，含不尽之意，见于言外。"

山居秋暝

王 维

空山新雨后，天气晚来秋。

明月松间照，清泉石上流。

竹喧归浣女，莲动下渔舟。

随意春芳歇①，王孙自可留②。

注释

①随意：出自庾信句"细草横阶随意坐"。

②"王孙"句：出自《楚辞·招隐士》："王孙兮归来，山中兮不可久留。"这句和上句都是反用原意，指春天虽然已经过了，但美好的秋色却能够留住王孙。王孙，代指诗人。

译文

寂静空旷的山谷里刚下过一场新雨，晚上天气寒凉秋意更浓。明月在松林中洒下一片清辉，清泉在山沟的石头上流淌。竹林中传来一阵喧笑声，是洗衣的女子归来了。溪中莲叶动荡，是渔舟棹歌返还。春天的芳华任凭它消散吧，秋色如画，王孙依旧可以留在山中。

作品赏析

这首诗描写了山居秋暮的幽静景色，反映了诗人陶醉山林自得其乐的志趣。松间的明月、石上的清泉、竹林中的浣女、溪中的渔舟，动静结合，色彩鲜明，空间变化灵活，融自然和人物于一体，有机地构成了一幅充满了诗情画意的画面。诗中形象鲜明，境界空明澄澈，含蕴深厚，切合秋雨过后晚空的景象。是王维山水诗的代表作之一。特别是颔联"明月松间照，清泉石上流"中的"照"字和"流"字，一个在上，一个在下，一个是静，一个是动，动中有静，静中有动，物我一体，美极之句，苏轼赞誉此联为"诗中有画，画中有诗"的典范秀句。最后两句反

用屈原《楚辞·招隐士》中的"王孙兮归来,山中兮不可久留"句,其陶醉于自然和厌恶宦海之情溢于言表。

过香积寺①

王　维

不知香积寺,数里入云峰。
古木无人径,深山何处钟。
泉声咽危石,日色冷青松。
薄暮空潭曲,安禅制毒龙②。

注释

①香积寺:在今陕西西安市长安区郭杜镇香积寺村。
②毒龙:佛家用此喻人的邪念妄想。

译文

不知道香积寺在什么地方,我走了几里路登上白云环绕的山峰。只见古木参天和没有行人的山间小路,不知道从深山的何处传来了钟声。清泉流过高大的山石,发出呜咽的声音。日光照进松林,林中仍透出一股寒意。日暮时分,我伫立潭边,见潭水澄清,毒龙无影,我的凡心、俗念都被禅理洗尽。

作品赏析

这首诗描述作者走访香积寺途中的所见所闻和感想,描写了到山寺之前路上极其幽静的景色。写山寺,却不正面描绘,采取侧面描写的手法,是这首诗的重要特色。入山数里,虽有幽径而无行人,只见古木参天,只闻钟声,究竟寺在何处,依然不知。虽行近寺旁,也只听见泉水呜咽,只看见青松、日色,还是没有见到香积寺,依然在描写寺院的环境,这就可以想象到寺院是何等幽静。到了寺院内,也只写伫立于寺旁的潭水边,以写潭水的清幽来抒写自己的感想,赞扬佛法禅理的高超。本诗采用由远及近和由景入情的写法,意境幽深,笔调恬淡宁静,

构思新奇,不落俗套,用字精妙,耐人寻味。此诗是诗人的代表作之一。其中颈联
"泉声咽危石,日色冷青松",历来受到后人赞赏,被誉为炼字之典范。

望洞庭湖赠张丞相①

孟浩然

八月湖水平,涵虚混太清。
气蒸云梦泽②,波撼岳阳城。
欲济无舟楫,端居耻圣明。
坐观垂钓者,徒有羡(xiàn)鱼情③。

注释

①张丞相:指张九龄。

②云梦泽:原为二泽。云泽在长江北,今湖北境内;梦泽于长江南,今湖南境
内,后来大部分淤积为平地,因此以云梦并称。

③羡鱼:典出《淮南子·说林训》:"临渊羡鱼,不如退而结网。"作者暗示自己
也有出仕之意,只是苦于没有机遇。

译文

八月里洞庭湖湖水涨起,与岸齐平,水天一色,与天空浑然一体。水气弥漫,
在整个云梦泽和它的周围,波浪滔滔,好像震撼了岳阳城。我本想渡过湖去却没
有舟楫,闲居不出又怕辱没了天子的圣明。我坐在湖边看着钓鱼的人,空怀一片
羡慕之情。

作品赏析

孟浩然西游长安,希望能在政治上得到张九龄的援引而献上此诗。诗的前
半部分运用夸张的手法描绘了洞庭湖波澜壮阔的景象,气势雄伟。后半部分以
自己的落拓不堪,与雄伟的湖景和太平盛世的时代相比显得不太相称,希望政
治抱负得到施展,又苦于无人援引,所以有"欲济无舟楫,端居耻圣明"的慨叹,

"圣明"二字是诗人前四句写景象征意义的注脚,这也正是全诗的关键所在。全诗运用比兴,表达了自己不甘隐居、迫切求仕的心情。作者急于求荐,但又不露痕迹,构思新颖,意境雄浑壮阔,形象鲜明生动,艺术上颇具特色,可谓"状难状之景如在眼前,抒不平之意尽在其中"。其中"气蒸云梦泽,波撼岳阳城"为描绘洞庭湖的名句。有人赞扬这首诗"以望洞庭托意,不露干乞之痕"。

过故人庄

孟浩然

故人具鸡黍①(shǔ),邀我至田家。

绿树村边合,青山郭外斜。

开轩面场圃(pǔ),把酒话桑麻。

待到重阳日,还来就菊花。

注释

①黍:黄米。

译文

老朋友备下了丰盛的菜饭,邀请我到他的农家。茂密的树林环绕着村庄,城外的青山掩映,一脉迤逦横斜。推开窗户面对着场院和菜园,一边饮酒一边谈论桑和麻。等到重阳节的那一天,我还要来这里观赏菊花。

作品赏析

这首诗写作者访乡村老友受到殷勤招待的经过。全诗按时间顺序,描述了从应邀到宴饮、告别和预约的全过程。描绘了美丽的田园风光和平静的田园生活,表现了诗人对田园生活的热爱和对友人间真挚情谊的赞美,富有浓厚的生活气息,俨然是一幅清新的水墨画。整首诗语言淳朴自然,感情真挚,笔调轻松灵活,风格平易近人,却又意蕴深厚,诗情画意,韵味无限,有"清水出芙蓉,天然去雕饰"的美学情趣,具有极大的艺术感染力。此诗是唐代诗歌中山水田园诗的名篇之一,颇受后人青睐。皮日休在《郢州孟亭记》中评价谓:"不钩奇抉异……若公输氏当巧而不巧者。"沈德潜在《唐诗别裁》中赞赏云:"篇法之妙,不见句法。"其中的"绿树村边合,青山郭外斜"句对仗工整,是描写景物的名句。

秋日登吴公台上寺远眺①

刘长卿

作者小传

刘长卿(?—约789),字文房,河间(今属河北)人。天宝年间进士。官终随州(今湖北安陆西北)刺史,故也称刘随州。刘长卿颇负诗名,其创作活动主要在中唐时期。诗虽多仕途失意和流连风景之作,但也有一部分真实地反映了社会动乱和民生疾苦。他的诗善于用简淡的笔触表现出一种耐人寻味的意念和感触。语言无雕琢的痕迹。尤长于五言律体,有《刘随州诗集》。

古台摇落后②,秋入望乡心。
野寺人来少,云峰水隔深。
夕阳依旧垒,寒磬满空林。
惆怅南朝事,长江独至今。

注释

①吴公台:在今江苏扬州市邗江区,原是南朝宋沈庆之所筑的弩台,后来陈将吴明彻重修,所以称吴公台。

②摇落:宋玉《九辩》:"悲哉秋之为气也,萧瑟兮草木摇落而变衰。"此处兼有零落、颓败之意。

译文

吴公台随着岁月的流逝已倾废凋落,秋日里登台远望,思乡之情不禁涌上

心头。荒野中的寺院来人多么稀少，高耸入云的山峰隔断了深深的流水。徐徐下落的夕阳依恋着旧垒，寒钟的声响回荡在空旷的山林。我内心多么惆怅，凭吊南朝的旧事，只有长江浊浪滔滔，从古代流到如今。

作品赏析

　　这首诗描写诗人登上古台远眺，面对残颓的古台和旷野中荒凉的景象，思乡、吊古之情油然而生，从而引起了深深的感叹。"古台摇落后，秋入望乡心"即景生情；"野寺人来少"描写了近处的景物；"云峰水隔深"描写了远处的景物；"夕阳依旧垒，寒磬满空林"二句，尤为传神，动与静、静与响、人与江相互映衬，钟磬之声似乎也充满了淡淡的寒意，构成一种空旷荒凉的景象，为抒发"惆怅南朝事，长江独至今"的慨叹涂上了一层暗淡的色调。诗人观南朝吴公台，凭吊古迹，遗迹犹存，但人去台空，只有长江水，依旧在夕阳中独自流淌，物是人非之感接踵而来，反映了唐安史之乱后一片萧条破败的景象，表达了诗人忧国忧民的爱国情怀。全诗悲壮苍凉，以景衬情，情景交融。

小百科 / XiaoBaiKe

　　爱美是女人的天性，涂脂抹粉是她们自古至今从未改变的爱好。现代人有琳琅满目的化妆品，古代人的化妆品虽然没有这么丰富，但也有三样法宝：黛粉、妆粉和胭脂。"黛"是一种黑色矿物，把它先磨成粉，再和水，干燥后可以用来画眉。妆粉就是现在的粉饼。胭脂是古代的口红，原料是一种叫"红蓝"的花朵，可在与妆粉调和后使用。古代化妆品虽不如现在丰富多样，但也足以满足女人的日常需求。

江乡故人偶集客舍①

戴叔伦

作者小传

戴叔伦(732—789)，字幼公，润州金坛(今江苏金坛)人。曾任新城令、东阳令、抚州刺史，官终容管经略使。他在德宗朝诗名极盛，其诗清词丽语，为时人所传诵。其中部分描绘现实生活的作品，题材新颖，有一定的思想深度和鲜明的艺术特色。其余写景的小诗真挚深婉，清新明丽。《全唐诗》录存其诗三卷。

天秋月又满，城阙夜千重。
还作江南会，翻疑梦里逢。
风枝惊暗鹊②，露草泣寒虫。
羁(jī)旅长堪醉③，相留畏晓钟。

注释

①江乡：江南的故乡。
②"风枝"句：这一句既是写实，又暗喻曹操《短歌行》"月明星稀，乌鹊南飞，绕树三匝，何枝可依"诗意。
③羁旅：流寓在外地。

译文

秋月又一次盈满，城中夜色深浓。你我在江南相会，我怀疑是梦中相逢。晚风吹动树枝，惊动了栖息的乌鹊。秋草披满霜露，伴随着悲吟的寒虫。你我客居他乡，应该畅饮以排遣愁闷，留你长饮叙旧，只担心天晓鸣钟。

作品赏析

这首诗写诗人在一个秋月之夜与友人在他乡偶然相逢。首联交代了时间(秋夜)和地点(长安)，颔联写欣喜之中疑是梦中相遇，"还作"和"翻疑"四个字生动传神,表现了诗人凄苦的心情。颈联描写秋月萧瑟的景象,化用了曹操《短歌行》:"月明星稀,乌鹊南飞,绕树三匝,何枝可依?"含义深刻,表现了诗人客居中的辛酸之情。尾联"羁旅长堪醉,相留畏晓钟"中的"长"和"畏"二字运用得恰到好处,"长"字意谓宁愿长醉不愿醒来,只有这样,才能忘却痛苦,表现了诗人的颠沛流离之苦;"畏"字意谓害怕听到钟声,流露出诗人怕夜短天明,晨钟报晓,表达了诗人与友人依依惜别的心情。全诗语言精练,层次分明,对仗工整,情景结合,意蕴凄美,韵味无限。

蜀先主庙①

刘禹锡

作者小传

刘禹锡(772—842),字梦得,祖籍洛阳。贞元九年(793)进士,又登博学宏词科,授监察御史。他是唐朝中期著名的思想家和文学家,与柳宗元同是王叔文政治改革集团的骨干。永贞革新失败后,他被贬为朗州司马,迁连州刺史。后经裴度力荐,任太子宾客,加检校礼部尚书。他和柳宗元交谊最深。晚年与白居易相唱和,并称"刘白"。其诗沉着稳练,笔调自然,而格律精切。尤其是仿民歌的《竹枝词》,于唐诗中别开生面。有《刘梦得文集》。

> 天下英雄气②,千秋尚凛然。
> 势分三足鼎,业复五铢钱③。
> 得相能开国,生儿不象贤④。
> 凄凉蜀故伎(jì),来舞魏宫前。

注释

①蜀先主:指刘备。

②英雄气:典出《三国志·蜀志·先主传》:"(曹)操从容谓帝(刘备)曰:'今天下英雄,惟使君与操耳。'"

③五铢钱:这里指刘备决心光复汉业。

④象贤:效仿先人。

译文

先主当年充满天地的英雄豪气,千百年来依旧令人肃然起敬。他曾雄踞巴蜀,形成了三分天下的态势,建立功业的目的在于恢复汉室的基业。他获得贤相开创了蜀国,他生的儿子却不如先贤。蜀国故伎的凄凉歌舞,在魏国的宫前演奏。

作品赏析

这是一首吊古之作,也是一首史论性的祭吊诗,意在称颂先主刘备,贬讥后主刘禅。作者以概括的语言赞颂刘备胸怀大志,为复兴汉室而开创了三足鼎立的局面,善于用人,建立了蜀国的基业,获得千百年来令人敬仰的殊荣。可惜的是,身后的事业无人继承,后主因昏庸而亡国。诗人对后主的无志无能表示了深深的谴责和惋惜。尾联抒发了无限的感慨,给当时已日薄西山的唐王朝提出了借鉴。全诗语言的概括力很强,气势磅礴,并以形象的感染力,垂戒无穷。是诗人五言律诗中的一首佳作。南宋诗人刘克庄在《后村诗话》中称赞这首诗曰:"雄浑老苍,沉着痛快,小家数不能及也。"《瀛奎律髓汇评》引纪昀语:"句句精拔。起二句确是先主庙,妙似不用事者。后四句沉着之至,不病其直。"

赋得古原草送别

白居易

离离①原上草,一岁一枯荣。
野火烧不尽,春风吹又生。
远芳侵古道,晴翠接荒城。
又送王孙去,萋(qī)萋满别情。

注释

①离离:犹言繁茂。

译文

茂盛的野草长满了整个原野,每年枯萎一次,来年又会繁荣。野火烧尽了它

的茎叶,却烧不尽泥里的草根。待春风轻轻吹来,它又蓬勃地复生。蔓延到远处的香草长满了古老的通道,阳光映照下,那翠绿的一片连接着荒凉的古城。我又一次送别我的友人离去,茂盛的野草也满含着惜别的深情。

作品赏析

　　这首诗是诗人十六岁时所作,是其成名作,历来为人所称道。不仅把送别友人时的深情厚意用繁荣绵延的野草来作具体的形容,而且描绘了不被人注意的野草的青翠和芳香。更重要的是,它把咏物和言志结合起来,热情地赞美了野草的顽强生命力,抒发了年少气壮的豪迈精神。全诗语言质朴,自然流畅,章法工整,结构严谨,写景抒情浑然一体,意境天成,在"赋得体"中堪称绝唱。《古欢堂集杂著》称赞此诗云:"刘孝绰妹诗:'落花扫更合,丛兰摘复生。'孟浩然:'林花扫更落,径草踏还生。'此联岂出自刘欤……古人作诗,皆有所本,而脱化无穷,非蹈袭也。"《唐诗成法》赞赏这首诗谓:"不必定有深意,一种宽然有余的气象,便不同啾啾细声,此大小家之别。"

旅　宿

杜　牧

作者小传

　　杜牧(803—853),字牧之,京兆万年(今陕西西安)人。宰相杜佑之孙。大和二年(828)进士,官终中书舍人。世称杜樊川。杜牧工诗、赋及古文,以诗的成就为最高。后人称其为"小杜"。他的诗一部分描写寄情声色、颓废放浪的生活,也有不少感慨时事、抒发感情的作品。尤长于七言律诗和绝句,骨气豪宕,神采俊逸,往往于拗折峭健之中见风华掩映之美,艺术上富于独创性。他和李商隐齐名,世称"小李杜"。有《樊川文集》。

旅馆无良伴,凝情自悄然。

寒灯思旧事,断雁①警愁眠。

远梦归侵晓,家书到隔年。

沧江好烟月,门系钓鱼船。

注释

①断雁：离群之雁。

译文

　　旅馆里没有好友做伴，我独自凝神静静地思念。寒灯下我思念过去的往事，孤雁声声惊醒了我哀愁的睡眠。远归的梦境，到晓才姗姗来迟，久盼的家书，收取之时已隔年。沧江上月色含烟多么美好，门前还系着垂钓的渔船。

作品赏析

　　这是一首羁旅怀乡之作。写在旅馆热切思念家乡的情怀。诗人客居旅馆，无良朋为伴，只能在寒灯下凝神悄然思考，表现了诗人孤独中为乡愁所苦。"远梦归侵晓，家书到隔年"是千锤百炼的佳句，极言乡关遥远，忧愁满怀。归梦须侵晓才到家，可见离家之远，家书须隔年才到馆，可见收信之迟，表达了对家乡的深切思念。尾联似乎跳出了乡愁，艳羡门外沧江渔船的清闲自在，实为触景生情，慨叹自己羁旅他乡，没有钓鱼人的悠闲，从而进一步地表达了诗人的思乡之情。整首诗层次分明，环环相扣，写景抒情亦颇具匠心。

蝉

李商隐

本以高难饱，徒劳恨费声。

五更疏欲断，一树碧无情。

薄宦梗犹泛①，故园芜已平②。

烦君最相警，我亦举家清。

注释

①薄宦：卑微的官职。梗犹泛：即自伤沦落、漂泊之意。

②"故园"句：此句出陶潜《归去来兮辞》："田园将芜，胡不归？"平，杂草已埋

没路径。

译文

　　鸣蝉自处高洁难得温饱，徒劳悲鸣枉费高声。五更时鸣声稀疏欲断，高树碧绿依旧不动情。我官小职卑漂泊不定，故乡的田园已经荒草丛生。多劳您用鸣声将我提醒，我想起全家同您一样清贫。

作品赏析

　　这是一首托物寄兴的诗。表面是咏蝉，实则是把蝉同诗人的命运联系起来。"五更疏欲断，一树碧无情"是使人震惊的一笔。一方面，是凄凉欲绝的心境；而另一方面，却是冷酷无情。两相对照，越显得世间竟是如此冷酷，抒发了诗人无比悲愤的心情。诗的后半部分直抒诗人的身世感慨：为官，身不由己，漂泊无定；欲隐，田园荒芜，有家不能归，处在进退两难之境。最末又归结到蝉，蝉与己同一，同病同操。全诗语言澎湃，构思巧妙，感情强烈，结构严谨，层层深入，首尾圆融，意脉连贯。纪昀评云："前四句写蝉即自喻，后四句自写，仍归到蝉。隐显分合，章法可玩。"钱钟书先生评论这首诗谓："蝉饥而哀鸣，树则漠然无动，油然自绿也。树无情而人有情，遂起同感。蝉栖树上，却恝置(犹淡忘)之；蝉鸣非为'我'发，'我'却谓其'相警'，是蝉于我亦'无情'，而我与之为有情也。错综细腻。"

小百科 / XiaoBaiKe

　　古人习惯于用毛笔写字，写错的话就直接用毛笔涂掉，这是改正错字最简单的办法。王羲之和颜真卿就是这样修改错别字的。《兰亭序》和《祭侄文稿》是两位大书法家的代表作，也可以说是两位的"涂鸦之作"。古人修改错字最普遍的方法是在错别字旁边(通常是右上方)用毛笔加点，保留原字继续写下去，这样可以保持书面的整洁和美观。还有一种方法，把名为"雌黄"的矿物涂在错别字上，有点类似于现在的"涂改液"。不管怎么说，古人修改错字要远比现在麻烦得多。

七言律诗

黄 鹤 楼①

崔颢

作者小传

　　崔颢(？—754)，汴州(今河南开封)人。开元十一年(723)进士，天宝中为司勋员外郎。崔颢青年时期诗意浮艳，多陷轻薄，后经历边塞生活，忽变常体，风格凛然。《唐才子传》说他"游武昌，登黄鹤楼，感慨赋诗。及李白来，曰：'眼前有景道不得，崔颢题诗在上头。'无作而去"。《全唐诗》录存其诗一卷。

　　　　　昔人已乘黄鹤去②，此地空余黄鹤楼。

　　　　　黄鹤一去不复返，白云千载空悠悠。

　　　　　晴川历历汉阳树，芳草萋萋鹦鹉洲③。

　　　　　日暮乡关何处是？烟波江上使人愁。

注释

　　①黄鹤楼：故址在武汉市武昌区黄鹤山上。

　　②昔人：说法不一。《齐谐志》："黄鹤山者，仙人子安乘黄鹤过此。"《太平寰宇记》："昔费文祎登仙，每乘黄鹤于此楼憩驾，故名。"

　　③鹦鹉洲：故址在今武汉市西南长江中，因为祢衡曾作《白鹦鹉赋》而得名。

译文

　　仙人已经驾着黄鹤飞去,此地只留下一座空空的黄鹤楼。黄鹤一飞走再也不复返,千百年来只有白云在上空飘游。晴川里可清楚地看见汉阳的绿树,芳草茂盛遮盖了鹦鹉洲。天已傍晚,哪里是我的故乡?望着这烟雾迷茫的江面,真叫人发愁。

作品赏析

　　这是诗人游览黄鹤楼时写的一首吊古怀乡的诗。诗从楼的命名之由来着笔,发思古之幽情。登楼远眺,仙去楼空,唯余天际白云,悠悠千载,表现了世事苍茫之感。俯仰山川,风光如画,顿生思乡之愁情。元杨载在《诗法家数》中认为律诗颔联要紧承首联时谓:"此联要接破题(首联),要如骊龙之珠,抱而不脱。"此诗的前四句便是如此,颔联与首联相接相抱,浑然一体。全诗色彩明丽,气象阔大。诗的语言清新流畅,摆脱了格律的束缚,章法整齐。艺术表现手法出神入化。被历代文人推崇为题黄鹤楼的绝唱。南宋诗论家严羽的《沧浪诗话》云:"唐人七言律诗,当以崔颢《黄鹤楼》为第一。"清沈德潜《唐诗别裁》卷十三评此诗曰:"意得象先,神行语外,纵笔写去,遂擅千古之奇。"

蜀　相

杜　甫

丞相祠堂何处寻?锦官城外柏森森。

映阶碧草自春色,隔叶黄鹂空好音。

三顾频烦天下计①,两朝开济老臣心。

出师未捷身先死②,长使英雄泪满襟(jīn)。

注释

　　①三顾:诸葛亮隐居今湖北襄阳隆中,刘备曾三次去拜访。

　　②"出师"句:此句指公元234年,诸葛亮领兵伐魏,未等获得胜利而在出阵

前病死。

译文

到哪里去寻找诸葛丞相的祠堂呢?锦官城外的翠柏已茂密成林。武侯祠内绿草掩映着台阶,枉自呈现一派春色,黄鹂不管人事变化,在树间徒然唱着歌。先主曾三顾访茅庐,向你请教统一天下的大计,你辅佐两朝君主,开创蜀汉基业,扶持幼主治理社稷,竭尽了一代老臣的忠心。你出师中原,大功未成却先死去,长使古今英雄深深感慨,泪下沾襟。

作品赏析

肃宗乾元三年(760),杜甫定居成都,往谒诸葛武侯庙,写成此诗。诗人怀着崇敬的心情,描述了武侯祠周围的景色,赞扬了诸葛亮卓越的才能和对蜀国的耿耿忠心,为他未能完成统一中原的大业深表惋惜,寄托了自己忧时伤乱、怀才不遇的情感。当时安史之乱尚未平息,杜甫深感朝中无人,希望能有诸葛亮这样的贤能之人出来改革朝政,恢复统一。诗的末联"出师未捷身先死,长使英雄泪满襟"写得苍凉悲壮,成为感人肺腑的千古名句。南宋抗金将领宗泽临终时反复吟咏此联,念念不忘收复中原,千古英雄俱有同感。这首诗熔叙事、写景、抒情、议论于一炉,感情质朴真切,体现了诗人"沉郁顿挫"的诗风,是诗人七言律诗中的名篇。曾有人评价曰:"李杜文章万丈高,就中律诗杜陵豪。"谢榛《四溟诗话》评云:"情融乎内而深且长,景耀于外而远且大。"

登　高

杜　甫

风急天高猿啸(xiào)哀,渚清沙白鸟飞回。

无边落木萧萧下,不尽长江滚滚来。

万里悲秋常作客,百年①多病独登台。

艰难苦恨繁霜鬓,潦倒新停浊酒杯。

唐诗精选

TANGSHI JINGXUAN

注释

①百年:指一生。

译文

　　蓝天在萧瑟的秋风中显得多么高远,猿声啸啸在山中叫得多么悲哀。洲边江水清清白沙闪闪,群鸟在空中不停地盘旋。无边无际的树叶在秋风中纷纷落下,无穷无尽的长江波涛滚滚从远方涌来。我常在万里之外的异乡漂泊,到了秋天更加愁思满怀。一生中病魔缠身,今日我独自登上高台。可恨艰难的时世令我两鬓斑斑,穷愁潦倒中又不能再举酒杯。

作品赏析

　　这首诗通过诗人登高的所见、所闻、所感,描绘了深秋的景象,抒发了诗人半生艰难的身世之感。诗的前四句写景,为后四句抒情作衬托。首联从细处选择六种景物组成一幅画面:秋风凄紧、蓝天高远、猿声悲凉;水清、沙白、群鸟回旋低飞。景物描写具体、细致、准确,各有特点。耳闻而目见,俯仰之间,如身临其境。颔联的"落木萧萧"引起诗人"悲秋","长江滚滚"引起诗人的身世感慨。后四句抒情,写登高的感慨。颈联描写登高的情怀,抒写自己常年远离家乡、异乡为客、孤独登台、逢秋生悲、沦落不遇、暮年多病的感慨。尾联直抒平生"艰难"、"潦倒",连借酒浇愁的权利都因病而被剥夺了。读后使人对诗人的不幸深感同情。此诗的语言自然流畅,无雕琢求工的痕迹,历来为人所传诵。明人胡应麟曾把这首诗誉为"古今七言律第一"。

登楼

杜甫

花近高楼伤客心,万方多难此登临。

锦江春色来天地,玉垒①浮云变古今。

北极②朝廷终不改,西山③寇(kòu)盗莫相侵。

可怜后主④还祠庙,日暮聊为《梁甫吟》⑤。

注释

①玉垒:即玉垒山,在今四川茂汶羌族自治县。

②北极:星名,《论语·为政》:"为政以德,譬如北辰,居其所而众星拱之。"喻唐王朝的地位不可动摇。

③西山:在成都西。

④后主:指蜀后主刘禅。

⑤《梁甫吟》:《乐府》篇名。

译文

万方多难之时来此楼登临,花近高楼反使我这客子伤心。锦江明媚的春色来自遥远的天地,玉垒山的浮云从古至今变幻不定。唐王朝如北极星高悬中天不能改,西山盗寇不要再侵扰。可怜刘禅这亡国之君,百年之后还有祠庙享受祭祀,夕阳西下,我登临怀古,学诸葛亮姑且吟咏《梁甫吟》。

作品赏析

这首诗是代宗广德二年(764)杜甫从阆州重返成都登楼之作。这时安史之乱虽平,但吐蕃又急攻长安,朝政日益紊乱。诗人登楼远望,便发出"万方多难"的感慨。但他仍然坚信唐王朝必将取得胜利,寇盗必将被攘除。对昏庸误国的后主刘禅进行了讽刺,影射了代宗宠信宦官被吐蕃赶出长安的事实。诗人希望朝廷排除佞臣,起用诸葛亮这样的贤才。诗的情绪虽然不无悲凉,气象却显得雄

伟,两者之间取得了巧妙的平衡,使人读后能够感受到诗人对在苦难中的祖国充满信心和热爱。全诗对仗工稳,善于锤炼语句,意境高阔博大。清浦起龙《读杜心解》卷四评论此诗曰:"声宏势阔,自然杰作。"清沈德潜《唐诗别裁》卷十三赞云:"气象雄伟,笼盖宇宙,此杜诗之最上者。"

锦 瑟

李商隐

锦瑟无端五十弦①,一弦一柱思华年。

庄生晓梦迷蝴蝶②,望帝春心托杜鹃③。

沧海月明珠有泪④,蓝田日暖玉生烟⑤。

此情可待成追忆,只是当时已惘(wǎng)然。

注释

①无端:指没有来由。

②庄生:即战国时庄周。

③望帝:即蜀帝杜宇,死后其魂化为杜鹃鸟,悲啼:"不如归去!不如归去!"

④沧海:大海。月明珠有泪:传说珠的圆缺与月的盈缺有关,但珠是鲛人的泪。

⑤蓝田:山名,在今陕西蓝田县东南,我国著名的美玉产地。

译文

锦瑟为什么偏偏制有五十根琴弦?由此我一一追忆起已逝的年华。庄周在拂晓前梦见自己化为翩翩起舞的蝴蝶,望帝将春心托付给声声啼鸣的杜鹃。遥远的沧海月色分明,珍珠是鲛人哭泣的眼泪,近处的蓝田日光温暖,良玉美艳,好像生着云烟。这情景难道到今天才引起我的追忆,其实在当时已令人不胜惘然。

作品赏析

　　这首诗本是一首无题诗,题目只是援用了诗句开头的两个字。本篇是李商隐有代表性的隐晦难解的诗,历来众说纷纭,有写"恋情"、"悼亡"、"音乐"之说。但从全诗的感伤情绪来看,大多认为是自伤身世。首联以锦瑟起兴,引起对"华年"的追忆,有无限伤感之意。颔联以庄周和杜宇的典故比喻自己人生道路坎坷,往事如梦幻一般。所遭遇的不幸,无处倾诉,只好如望帝托杜鹃诉说春心一样,托诗篇诉说自己的不幸。颈联感叹自己的才华如鲛人的眼泪化成的明珠,被遗落在沧海之间。理想如日照玉山升起的烟雾一般消失在无限的空间中。尾联是说自己理想破灭的悲伤之情,不是今日追忆才产生,而是早就存在着这种怅惘。全诗在华美的辞藻和艺术的象征中熔铸了诗人一生的遭遇,悠扬的韵律表达了诗人凄凉的心境。

无 题

李商隐

昨夜星辰昨夜风,画楼西畔(pàn)桂堂东。

身无彩凤双飞翼,心有灵犀一点通①。

隔座送钩春酒暖②,分曹射覆蜡灯红③。

嗟(jiē)余听鼓应官去,走马兰台类转蓬④。

注释

　　①灵犀:即犀牛角,古代将犀牛视作灵兽。比喻两心息息相通。

　　②送钩:古代宴会中的游戏,把钩在暗中传递,叫人猜在谁的手中,猜不中便罚酒。

　　③射覆:古代的一种游戏。

　　④兰台:即秘书省,掌管图书秘籍。转蓬:像蓬草一样随风转动。

译文

多么难忘昨夜闪烁的星辰与温馨的风,我们相会在画楼之西桂堂之东。虽无彩凤的翅膀比翼双飞,我们的心却像灵犀一样息息相通。隔着座位传送藏钩,春酒多么温暖,分组猜谜时,蜡烛燃得火样红。可叹我要听晨更的鼓声前去应差,在兰台奔走犹如风中飘旋的飞蓬。

作品赏析

李商隐诗集中有许多无题诗,为无可命题,其意不可明言,托"无题"以寄意。其中绝大部分是写爱情的,而且写得很好,以致人们把《无题》诗作为爱情诗的代名词。这首诗是写那种可望不可即的爱情。前四句描写昨夜因宴会而有幸相会。一方有着强烈的爱慕,另一方对投来的爱情在心灵上也有感应,"身无"和"心有",一悲一喜,一外一内,相思之苦却又心心相通,将恋人间的彼此深爱却又无法长相厮守的微妙心理刻画得栩栩如生、惟妙惟肖,所以颔联"身无彩凤双飞翼,心有灵犀一点通"成为历来传诵的名句。后四句写宴会中互相传递爱情的欢乐。末两句写出了分别后的抱憾,恨不能长相厮守和对身世漂泊的感慨。此诗的特点在于以心理活动作为出发点,感情细腻真切,入木三分。

无 题

李商隐

相见时难别亦难,东风无力百花残。

春蚕到死丝方尽①,蜡炬(jù)成灰泪始干。

晓镜但愁云鬓改,夜吟应觉月光寒。

蓬山此去无多路,青鸟殷勤为探看。

注释

①丝:与"思"谐音。

译文

　　相见的机会多么难得，离别时的心情更加难过，东风柔软无力，更值这暮春时节百花凋残。春蚕到生命的终结才把丝吐尽，蜡烛化为灰烬才宣告泪已流干。早晨对镜梳妆只怕你的秀发色泽改变，夜晚苦吟情人的诗篇，你应感到月光洒下的凉寒。此地离蓬山的路途并不遥远，希望传信的青鸟为我殷勤地打探。

作品赏析

　　这首诗从送别的心情着笔，以委婉曲折的言辞，写出了见也难别也难，在百花凋残的暮春时节别离，就更加令人伤悲的心情。以春蚕和蜡炬为喻，表现自己相思的热烈和至死不渝的思念。又以设想的语气，拟想对方在"晓镜"、"夜吟"时的心理活动，表现对情人的体贴，进一步写出自己思念的深情。最后借用神话传说，寄托在绝望中的微茫希望。诗中首句的两个"难"字，因为重复令人产生突兀感，将相见无期的离别之痛表达得分外深沉缠绵，不仅仅是第一句，全诗的每一句都反映了这样的感情，只是每句有每句的具体意境，然而却又彼此衔接密切，连绵往复，将绵邈的深情成功地表现出来。全诗构思巧妙，语言精警，意境缠绵曲折，悱恻动人。

贫 女

秦韬玉

作者小传

秦韬玉,字中明,京兆(今陕西西安)人。僖宗中和二年(882)进士。从僖宗入蜀,参与宦官田令孜幕府,被荐为工部侍郎。他的诗反映了一定的社会现实。《全唐诗》录存其诗一卷。

蓬门①未识绮罗香,拟托良媒益自伤。

谁爱风流高格调?共怜时世俭②梳妆。

敢将十指夸针巧,不把双眉斗画长。

苦恨年年压金线,为他人作嫁衣裳。

注释

①蓬门:指茅屋的柴门。

②俭:通"险",奇异。

译文

我出生在贫苦人家,从未有华丽的衣服打扮梳妆,想请媒人说亲出嫁,只因贫穷婚事难成,心里更加悲伤。有谁能赏识贫女的仪态风采和高尚品格?人们竞相追求的是时髦的梳妆。敢于夸赞自己的双手做出的针线活精细秀巧,不与别人争奇斗艳把双眉画得细长。最可恨的是年年不停地刺绣做针线,替别人家的女儿缝制出嫁的衣裳。

作品赏析

这首诗是一位贫寒女子的自白,为自己勤劳俭朴的品德和不同流俗的志趣而感到自豪。表现了作者对她的不羡绮罗俭梳妆而重劳动轻姿色的高尚品德的热情赞扬,也表明了作者对不合理的社会现象的指责和对贫女的同情。这一形

象象征了出身寒门的知识分子,既找不到出路,又苦于无法改变困境。因此作者在诗中借"贫女"自比,以鲜明的形象,诉说一种难言的哀怨情绪,从而更曲折地寄寓作者对得不到统治者的重用、地位低下的知识分子发出的感慨和不平。最后两句"苦恨年年压金线,为他人作嫁衣裳"以其广泛深刻的内涵、浓厚的生活哲理,反映了一定的社会现实意义,成为广为流传的名句,"为人作嫁"已成为一则成语,常被用来比喻空为别人辛苦忙碌。

独 不 见

沈佺期

卢家少妇郁金堂①,海燕双栖玳(dài)瑁(mào)梁②。

九月寒砧催木叶,十年征戍忆辽阳③。

白狼河北音书断④,丹凤城南秋夜长⑤。

谁谓含愁独不见,使妾明月照流黄!

注释

①卢家少妇:典出梁萧衍《河中之水歌》:"河中之水向东流,洛阳女儿名莫愁。十五嫁为卢家妇,十六生儿字阿侯。卢家兰室桂为梁,中有郁金苏含香。"郁金:香草名。

②海燕:即越燕,多在梁上做巢双栖。玳瑁:一种有光泽的海龟,此处形容屋梁油饰得如同玳瑁一样华美。

③辽阳:今辽宁省辽阳市一带。

④白狼河:在今辽宁省凌源市境内,又称大凌河。

⑤丹凤城:指长安。

译文

卢家少妇居住在熏满郁金香香气的华堂,海燕成双栖息在玳瑁装饰的屋梁。九月里寒风中的捣衣声好像在催促树叶纷纷飘落,十年前他出征去戍守边塞,我的思绪飞到遥远的辽阳。他驻守在白狼河的北面音信早已断绝,我独宿在长安城南,怀着相思,秋夜多么漫长。谁使我含着离愁独处,总不能与他相见?更使明月偏又照着我房中的流黄。

作品赏析

这是一首拟古乐府之诗,"独不见"是借用乐府古题。宋郭茂倩《乐府诗集》解题曰:"独不见,伤思而不得见也。"诗中描写了别离相思,以海燕双栖起兴,从环境气氛的渲染中,表现出思妇孤独的心情。中间两联则从秋景触动她的相思作具体的刻画,不明说离愁,而离愁自在其中,"寒砧催木叶"句更是十分奇警。末联明说离愁,以"独不见"与首联的"双栖"相照应,以"明月照流黄"的景色使离愁升华而结束。诗的情致婉转,构思新巧,色彩富丽,音调和谐,正面衬托和反面映照相结合,意境广远,是初唐七律的杰出作品。它标志着七言诗的律化已经达到成熟的阶段。姚鼐赞誉这首诗曰:"高振唐音,远包古韵,此是神到之作,当取冠一朝矣。"

小百科 / XiaoBaiKe

"老吾老以及人之老,幼吾幼以及人之幼。"尊老爱幼是中华民族的传统美德。在中国,老年人过大寿,新生婴儿满周岁时,则会举行"抓周"。至于其他年龄段的人则基本上没有过生日的意识。直到六十岁才有"资格"过大寿,也就是过"大生日"。此时,子孙辈筹办庆祝活动,亲朋好友还会送上珍贵的礼物和诚挚的祝福。所以,要过一个像样点儿的生日必须要达到一定的年龄才行。

五言绝句

鹿　柴①

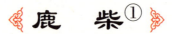

王 维

空山不见人，但闻人语响。

返景入深林，复照青苔上。

注释

①鹿柴：是辋川的地名。

译文

空阔的山林看不到一个人影，却能听见人说话的声音。太阳的余晖照进幽深的树林，在林间的青苔上面落下斑驳的树影。

作品赏析

这首诗是诗人五言绝句组诗《辋川集》(共二十首)中的第四首。诗的前两句写山林空旷和人声回荡。一个"响"字给幽静的山林带来了生气。衬托出空山之幽静无比，静中之动，愈见其静。后两句写傍晚景色，一个"入"字，既刻画了夕阳光线的柔美，又描绘出深山密林中明暗相间、色彩缤纷的迷人景象。动中有静，把深林返景写得幽美生动，富有特色，读后不知不觉就被引到诗情画意中。明代高棅在《唐诗品汇》卷三十九中引入宋代刘辰翁对该诗的评价曰："无言而有画意。"清代沈德潜《唐诗别裁》卷十九赞道："佳处不在语言，与陶公'采菊东篱下，

悠然见南山'同。"

❀ 相　思 ❀

王　维

红豆生南国①,春来发几枝?

愿君多采撷(xié),此物最相思。

❀注释❀

①红豆:一名相思子,产于南方,结实鲜红浑圆。

❀译文❀

红豆生长在南方,新春里不知生了几根新枝?希望你多多地采摘,这红豆最能表达我们的相思。

❀作品赏析❀

这首诗借咏红豆以寄相思之情。因红豆而寄兴,珍惜友情,希望友人不要忘了自己。一问一劝,尤觉情意绵绵。第三句"愿君多采撷"运用了古典诗歌中常用的以采撷植物来寄托情思的手法,达到了"言在此而意在彼"的境界,典型的例子如汉代的古诗"涉江采芙蓉,兰泽多芳草。采之欲遗谁?所思在远道。"最后一句"此物最相思"语义双关,与题目相照应,又关合情思,道出了"愿君多采撷"的理由,可谓是妙笔生花,动人心弦。全诗情调高雅,语言朴实,韵律和谐优美,是作者脍炙人口的名篇。此诗当时即广为谱曲传唱,据传安史之乱之后,李龟年流落江南,他便经常演唱这首诗,听者无不动容。

宿建德江①

孟浩然

移舟泊烟渚(zhǔ)，日暮客愁新。
野旷天低树，江清月近人。

注释

①建德江：新安江流经今浙江建德的一段江水。

译文

我将小船停靠在江中雾气笼罩的小洲，傍晚的景色使在他乡的游子增添了新愁。原野广阔，远方的天空比近处的树木还低。月映江中，好像和船上的人更加接近。

作品赏析

这首诗描绘了诗人夜宿江上的观感。烟雾中的沙洲、高大的树木、辽阔的原野、清清的江水、停泊的小舟、美丽的月影一起构成了一幅色彩鲜明的图画。第一句以泊舟为背景，与题目中的"宿建德江"相符合，同时又为下面的写景抒情作了铺垫；第二句的"日暮"和"泊"、"烟"相联系，因为日落，才需要停船，因为日落，江面才会烟雾蒙蒙，因为"日暮"，才会"客愁新"。三、四两句描写景物，清沈德潜云："下半写景，而客愁自见。"南北朝刘勰《文心雕龙·明诗》谓："人禀七情，应物斯感；感物吟志，莫非自然。"淡淡的愁思也融注在如画般的景色之中，达到了情景相生的境界，语言清新，情韵悠然。

春 晓

孟浩然

春眠不觉晓①，处处闻啼鸟。
夜来风雨声，花落知多少？

注释

①不觉晓：不知道天已亮了。

译文

春夜里酣睡到不知不觉天色已亮，远远近近传来了鸟雀的啼叫。昨夜经过一场春雨，不知花儿落下多少？

作品赏析

这首诗传诵甚广，几乎妇幼皆知，是诗人退隐在鹿门山时写下的。诗中意图在于惜春，表现了诗人对美好春光的喜爱，反映了诗人对繁花飘落的怜惜之情。此诗在写法上独具一格，通过一觉醒后所听到的感受和联想——"处处闻啼鸟"，而不是直接描写春天的景色，以此来表现充满活力的春天的到来。由此读者可以知道正是这些鸟儿的鸣叫声唤醒了睡梦中的诗人，一幅明媚的春光图便呼之欲出了。正是这可爱的春天景象使诗人很自然地转到了三、四句的联想"夜来风雨声，花落知多少"。全诗的语言清新自然，恰似佳作天成，妙手偶得，意境优美，浑然而就。

静 夜 思

李 白

床前明月光，疑①是地上霜。

举头望明月，低头思故乡。

注释

①疑：好像。

译文

床前洒下一片银白色的月光，看起来就像地上结了一层秋霜。抬头凝望碧空中的明月,低头思念遥远的故乡。

作品赏析

　　这首诗运用通俗的口语,表达了游子思乡之情。看似平淡无奇,但千百年来传诵不绝。由于诗人久居异地,深秋的月夜,引起思乡之情,便用极精练的笔调,从对时间、环境、气氛以及人物的细微动作的描绘中,写尽了游子对家乡故里的质朴怀念。语言明白如话,音韵流利自然,似信手拈来,毫不费力,但含蓄深沉、耐人寻味,达到了"无意于工而无不工"的佳境。就其流传的广泛程度来说,没有一首诗可以与之相媲美,几乎是全世界华人都耳熟能详的一首名诗。明人胡应麟《诗薮·内编》卷六评价曰:"太白诸绝句,信口而成,所谓无意于工而无不工者。"明代文学家王世懋在《艺圃撷馀》中谓:"(绝句)盛唐惟青莲(李白)、龙标(王昌龄)二家诣极。李更自然,故居王上。"

登鹳雀楼①

王之涣

作者小传

　　王之涣(688—742),字季凌,原籍晋阳(今山西太原西南),后迁居绛州(今山西新绛县)。开元初,做过冀州衡水县主簿,被人诬陷,去官,过了十五年的漫游生活,踪迹遍及黄河南北。与王昌龄、高适、崔国辅相唱和,是盛唐的著名诗人。其描写西北风光的诗篇颇具特色,大气磅礴,韵调优美,惜多已散失,《全唐诗》录存其诗六首。

白日依山尽,黄河入海流。
欲穷千里目,更上一层楼。

注释

　　①鹳雀楼:是唐代河中(今山西永济市)的名胜。

译文

　　太阳依傍着群山就要落下山去，黄河水正滚滚向大海奔流。要想见到更加遥远的景色，就得再登上一层高楼。

作品赏析

　　这首诗的前两句描绘了一幅登上高楼远眺的壮丽图景，气势宏大，意境宽广。后两句写登楼的感受，被人们用来作为站得高、看得远的比喻，反映了诗人宽广的胸怀和积极向上、高瞻远瞩的精神，很能体现盛唐诗雄浑的特色。全诗语句工整又浅显易懂，内涵深厚，色彩壮丽，景象壮观，气势磅礴。最后两句"欲穷千里目，更上一层楼"是千古传诵的名句。清沈德潜在《唐诗别裁》中选录这首诗时曾赞誉曰："四语皆对，读来不嫌其排，骨高故也。"以"登鹳雀楼"为题的诗有很多，其中以李益、王之涣、畅当三人的同名诗比较有名。北宋沈括在《梦溪笔谈》中谓："河中府鹳雀楼三层，前瞻中条，下瞰大河。唐人留诗者甚多，惟李益、王之涣、畅当三篇，能状其景。"

江　雪

柳宗元

　　千山鸟飞绝①，万径人踪灭。
　　孤舟蓑（suō）笠翁，独钓寒江雪。

注释

　　①"千山"句：此句暗示天寒。

译文

　　山山岭岭的鸟雀都已飞绝，小路上连一个人的踪迹也没有。孤舟上身披蓑衣头戴斗笠的渔翁，冒着严寒抗着风雪在寒江里独钓。

作品赏析

这首咏雪景的诗是柳宗元被贬为永州司马时所作,它曲折地反映了作者在永贞革新失败后不屈而又孤独的精神面貌。通过描绘一幅天寒地冻、人鸟绝迹的江天雪景图,刻画了不畏风雪、独钓寒江的老渔翁形象,表达了作者不向恶势力低头、不怕险恶环境的坚强品格和孤独无援的心情。全诗语言清新自然,结构精巧绝伦,首尾遥相呼应,对比生动,衬托恰当,音韵和谐,寓情于景,意境清冷峻洁。宋苏轼赞誉最后两句诗云:"人性(指诗人的情感熔铸)有隔也哉?殆天所赋,不可及也已!"明顾璘评论道:"绝唱,雪景如在目前。"清沈德潜评价曰:"清峭已绝。"

问刘十九①

白居易

绿蚁新醅(pēi)酒,红泥小火炉。
晚来天欲雪,能饮一杯无?

注释

①刘十九:事迹不详。诗人另有《刘十九同宿》诗,中有"唯共嵩阳刘处士"句,应该是河南登封一带人。

译文

新酿的米酒还浮着绿色的米渣,炭火在红泥小火炉中放着红光。傍晚时分天色昏黄就要下雪,为驱除寒意你愿同我饮一杯吗?

作品赏析

这是一首在天寒地冻时分请朋友来饮酒的小诗。面对红炉绿酒,自然会产生一种温暖和慰藉。问友人是否能饮,体现出两人情谊深厚。结尾用一问句,使全诗神情飞动。这首诗也可以看成是劝酒词,酒是给友人备下的,但全诗的意蕴

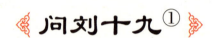

比酒还醇厚。在艺术特色方面,诗人独具匠心。首先,诗人精心选择和巧妙安排了生活中的意象——新酒、火炉和暮雪,将其连缀在一起,组成了一幅声色俱佳、形态皆美、情意结合的画面;其次,色彩搭配得合情合理又富有特色,"绿蚁"再现了酒色的醇香,"红泥"的"红"字好比火炉般温暖人心,红绿相映,色味俱香,第三句的"晚"和"雪"说明了漆黑的夜幕降临,洁白的雪花飞扬。在风雪黑夜,围炉诗话,"绿"酒"红"炉和谐相衬,怡然自得之感油然而生。最后,诗人采用了设问的表现手法,"能饮一杯无",亲切自然,韵味十足,达到了"余音缭绕,三日不绝"的境界。全诗语浅情深,意味隽永。

登乐游原①

李商隐

向晚意不适,驱车登古原。
夕阳无限好,只是近黄昏。

注释

①乐游原:原汉宣帝时的乐游庙,今陕西西安市东南,这里是当时京城的最高处。

译文

傍晚时分我心情抑郁,驾车登临旧时的乐游原。夕阳下的晚景无限美好,只可惜时光临近黄昏。

作品赏析

这首诗从字面上看是写由于心情苦闷而登乐游原以消愁,抒发对时光的爱惜和对美好晚景的留恋之情。但不得志的诗人身处晚唐衰世,面对古原夕照,自己一生对美好理想的追求和摆脱不去的愁绪、国运将尽的忧虑都触景而发,对此表现出了哀伤和叹惋之情。在哀伤和叹惋之中仍不失对生活的执着追求。最后两句"夕阳无限好,只是近黄昏"是千古传诵的名句。周汝昌先生认为诗人素

喜乐游原,另有一篇抒发情志之作:"万树鸣蝉隔断虹,乐游原上有西风;羲和自
趁虞泉(渊)宿,不放斜阳更向东!"此次诗人驱车登古原是为了排遣心中的"向
晚意不适"的情怀,描绘了夕阳照耀着大地,犹如置身于一个黄金世界般,令人
惊叹和陶醉这黄昏的美。周汝昌先生感叹说:"我想不出哪一首诗也有如此境
界。"此诗的艺术魅力,可见一斑。

 访隐者不遇

贾 岛

松下问童子,言师采药去。
只①在此山中,云深不知处。

注释

①只:相当于"就"。

译文

我到松树下询问童子,他说师父已采药去。就在这座山中,云雾浓厚不知到
底在何处。

作品赏析

这是一首描写访隐者不遇的诗。在中国古典诗歌中,岁寒三友——松、竹、
梅历来为文人墨客所喜爱,以此来表达自己清洁孤傲、淡泊高雅的品行。诗中采
用一问三答的形式,用简洁浅显的语言交代时间、地点和人物,暗含了隐者以松
为友的高逸生活情致。虽寻人而不遇,却并无怅惘之情,倒觉得入山访友是在欣
赏一幅白云缭绕的山水画,用朴素而自然的语言描绘了一种极佳的艺术境界。
全诗语言清新简练,意蕴丰富,结构严密,层层推入,环环相扣,气氛清幽,虚实
相映,渲染手法和白描手法运用得恰到好处,境界幽雅,艺术感染力极强,令人
回味无穷。此诗历来为人所称颂。

乐 府

塞下曲 四首

卢 纶

作者小传

卢纶(748—约799),字允言,河中蒲(今山西永济)人,为"大历十才子"之一。诗多送别酬答之作,亦有反映军士生活者。有《卢纶诗集》十卷。

一

鹫翎(líng)金仆姑,燕尾绣蝥弧①。
独立扬新令,千营共一呼。

注释

①燕尾:旗上的飘带。蝥弧:旗名。

译文

大雕尾上的羽毛装饰在金仆姑箭上,绣在蝥弧旗上的燕尾飘带迎风飘扬。站立军前发布新的号令,麾下数千兵将同声齐呼。

作品赏析

《塞下曲》是汉乐府的旧题,属于《横吹曲辞》,内容多写边塞的战争。卢纶共有六首描写军营生活的塞下曲,此为第一首。这首诗描写了动员出征的浩大场

面,将军传达军令,全营将士一同呼应,描写将军的英武形象,衬托出这位将军治军有方、军纪严明,深受士兵的爱戴,同时还显示了军容整齐、装备精良、兵将同心的军威以及将士们必胜的信心,气势雄壮,令人震撼。诗人采用了侧面衬托的表现手法,以战争中的武器——箭以及旌旗来渲染气氛,最后以"千营共一呼"来结束全诗,戛然而止,耐人寻味。俞陛云在《诗境浅说》中评论曰:"寥寥二十字中,有军容荼火之观。"

二

林暗草惊风,将军夜引弓。
平明寻白羽,没在石棱中①。

注释

①石棱:岩石的夹缝。《史记·李将军列传》:"广出猎,见草中石,以为虎而射之,中石没镞。"这里用此故事。

译文

树林幽暗,疾风惊动了草木,将军在黑夜里拉开了劲弓。清晨去寻找射出的白羽,才知箭头深射在石棱之中。

作品赏析

这首诗写将军夜出行猎或夜出巡边的情形,描绘了将军的勇武。诗中化用了西汉司马迁《史记·李将军列传》中记载李广射虎的事迹,其原文是:"广出猎,见草中石,以为虎而射之,中石没镞,视之石也。"此诗的前两句"林暗草惊风,将军夜引弓"写了事件的发生,"夜引弓",为后文平明寻箭留下悬念。后两句"平明寻白羽,没在石棱中"不写是否射中目标,而写引弓的力度,显示出将军的神勇,令人回味无穷。古典诗歌最注重的是含蓄委婉,最讲究意在言外,以此来给读者留下想象空间。司马迁笔下的李广形象本就非常简练生动,经过诗人的刻画和渲染,越发栩栩如生,意味深长。

三

月黑雁飞高，单于①夜遁逃。
欲将轻骑逐，大雪满弓刀。

注释

①单于：匈奴首领。

译文

暗夜里大雁飞得很高，单于趁着夜色逃遁。将军就要带领轻骑兵去追击，大雪落满了他们的弓刀。

作品赏析

这首诗写将军雪夜破敌的情形。前两句写敌军的溃逃，以"月黑雁飞高"来烘托敌军仓皇逃跑的气氛，以"单于夜遁逃"来说明敌军偷偷地逃跑，正与首句所渲染的气氛相符合，同时也传达了敌军已经全线崩溃的情况。后两句写将军将要追击敌军的场面，以"大雪满弓刀"来描写追击敌人时的艰苦环境，以此来衬托将士们不畏月黑天寒克敌制胜的豪情。通过这两方面的客观环境衬托，一追一逃的画面呈现在读者眼前，从侧面反映了将士们英勇顽强的形象，并给读者留下了想象的空间，达到了"言有尽而意无穷"的境界，更富有魅力和情趣。诗人所处的时代虽然是中唐时期，但诗人曾经担任过幕府的元帅判官，对边塞的战争比较熟悉，因此，其诗依然有盛唐诗歌的气象，气概豪迈，字里行间渗透了英雄气概，能够鼓舞人心。

四

野幕蔽琼筵，羌戎①贺劳旋。
醉和金甲舞，雷鼓动山川。

注释

①羌戎：两民族名。

译文

　　野外军营里摆下丰美的酒宴,羌族、戎族的民众都来庆贺军队的凯旋。乘着酒兴穿着金甲翩翩起舞,擂响隆隆的战鼓,鼓声震动了山川。

作品赏析

　　这首诗写将军胜利归来、野外庆贺的场面。不仅有战士和边地的百姓,还有边地的少数民族——羌族和戎族也来庆贺,显示出将士们不仅勇能退敌,而且德能感人。最后两句"醉和金甲舞,雷鼓动山川"描绘了为庆贺胜利设宴劳军的狂欢情景,连山川都被震动,气氛融洽,场面热烈。讴歌了将士们和边地人民团结一致共同抗敌、保家卫国的爱国之心和英雄气概。这是这组诗的第四首,语言精练,描写意态形象鲜明,令人振奋欢愉。

七言绝句

《回乡偶书》

贺知章

作者小传

贺知章(659—744),字季真,越州永兴(今浙江杭州市萧山区西)人。武后证圣元年(695)进士,官至太子宾客、秘书监。天宝三年(744),请求还乡为道士。贺知章性情旷达,自号"四明狂客",与李白、张旭友善。李白、杜甫对他很推崇。他的诗不多,除应制之作外,都写得洒脱自然、清新可喜。《全唐诗》录存其诗一卷。

少小离家老大回,乡音无改鬓毛衰(cuī)①。
儿童相见不相识,笑问客从何处来。

注释

①衰:指衰落。

译文

少小时离开家乡到年老才回来,乡音没有改变鬓发已经斑白。儿童看见我都不认识,笑着问:"客人你从哪里来?"

作品赏析

《回乡偶书》是天宝三年(744)作者八十六岁辞官归乡时所作。年老荣归故里,人事沧桑,心中自有万千感慨。但作者以一个普通人的感情接受儿童那天真好奇的询问,冲淡了内心的迟暮之悲,表现了作者旷达乐观的性格。纵观全诗,前两句"少小离家老大回,乡音无改鬓毛衰"并没有特别之处,艺术手法上也属平平,后两句"儿童相见不相识,笑问客从何处来"笔锋突转,运用了"以乐景写哀情"的艺术表现手法,别有一番境界。最后一句以问而无答结束全诗,更富有启发性,神龙见首不见尾,并不是没有尾,而是在云中,若隐若现,更富有意趣。诗的语气诙谐,富有情趣。

九月九日忆山东兄弟①

王 维

独在异乡为异客,每逢佳节倍思亲。

遥知兄弟登高处,遍插茱(zhū)萸(yú)少一人②。

注释

①山东:当时王维的家迁到蒲州,在华山以东,故称山东。

②茱萸:一种有浓香的植物。古代风俗,重阳节佩茱萸囊以驱邪辟秽。

译文

我独自身处异乡作为异客,每逢佳节更加思念亲人。在远方推想兄弟们登上高处,遍插茱萸时会感到少我一个人。

作品赏析

这首诗原注"时年十七",王维少年时曾游历洛阳、长安等地。诗当作于此次游历期间。前两句"独在异乡为异客,每逢佳节倍思亲"写自己在节日期间无比思念家乡的亲人,运用了"直接法"的艺术表现手法,直点主题,开篇便出现了警句。后两句推想兄弟们重阳登高也在思念他,通过这样的推想,表达了对家乡亲人的无限依恋之情。"遥知兄弟登高处,遍插茱萸少一人"与杜甫的《月夜》中的"遥怜小儿女,未解忆长安"有异曲同工之妙。清代沈德潜《唐诗别裁》卷十九评

论诗的后两句曰:"即《陟岵》诗意。"全诗构思精巧,曲折有致,内容含蓄深沉,情感真挚深厚。"每逢佳节倍思亲"一句,千百年来广为传诵,表达了人们在佳节时分思亲的普遍心理。

芙蓉楼送辛渐

王昌龄

寒雨连江夜入吴,平明①送客楚山孤。
洛阳亲友如相问,一片冰心②在玉壶。

注释

①平明:指早晨天亮时。
②冰心:冰一般晶莹的心,喻正直清白。

译文

寒雨与江天相连,在夜晚潜入东吴,清晨送别友人,楚山无比寂寞孤独。洛阳的亲友如果向你探问,就说我心如冰洁盛在玉壶。

作品赏析

王昌龄曾被贬为龙标尉,这首诗当是他从贬所回到江宁以后所作。诗的前两句"寒雨连江夜入吴,平明送客楚山孤"以寒雨连江、楚山孤独衬托送别的气氛,既写出相聚的短促,又关切友人旅途中的孤苦,体现了友情的真挚。此诗的重点在后两句"洛阳亲友如相问,一片冰心在玉壶",诗人以冰心、玉壶(人们历来认为"冰心"和"玉壶"都指人的品德美好,但是,这与实际不符,"玉壶"的意义很多,它有酒壶、月亮、灯、滴漏的意思,这里将"玉壶"解释为酒壶比较恰当,表示当时推杯换盏的谐谑,也比较符合王昌龄当时的心情)作比,昭示远方的亲友,表明自己光明磊落、廉洁自守的节操。诗中的比喻极富象征意义,问答形式的运用,使得全诗别开生面,构思新颖,意蕴隽永。

凉 州 词

王 翰

作者小传

王翰(生卒年不详),字子羽,并州晋阳(今山西太原)人,景龙年间(707—709)进士,开元中任秘书正字、通直舍人等职,后出为汝州长史,又贬官仙州别驾、道州司马。任侠使酒,恃才不羁。王翰工诗,善写边塞生活,多壮丽之词。《全唐诗》录存其诗十三首。

> **蒲萄美酒夜光杯①,欲饮琵琶马上催。**
> **醉卧沙场君莫笑,古来征战几人回。**

注释

①蒲萄:即葡萄,葡萄在古时为今新疆、甘肃一带的特产。

译文

我举起了盛满葡萄美酒的夜光杯,正要畅饮,马上奏响琵琶催人出征。醉酒躺卧在沙场上请君不要见笑,从古至今出征将士有几人能回归?

作品赏析

这是一首反对开边战争的边塞诗。前两句"蒲萄美酒夜光杯,欲饮琵琶马上催"描写了行军出征前酒宴的场面,抒发了将士们出征前豪迈旷达的气概,也揭示了战争的残酷。用豪迈的语言表达了将士们的忧伤,具有感人的艺术力量。诗的最后两句"醉卧沙场君莫笑,古来征战几人回",隐蔽而曲折地反映了将士们反对开边黩武的心理状态,场面热烈,语言明快,节奏跌宕起伏,情感奔放豪迈,带给人一种激动和向往的意愿,极富艺术感染力,艺术特色鲜明。此诗是盛唐边塞诗的代表,也是诗人边塞诗中的佳作,历来为人们所吟咏传诵。清蘅塘退士评论诗的最后两句谓:"作旷达语,倍觉悲痛。"清代施补华的《岘佣说诗》评曰:"作悲伤语读便浅,作谐谑语读便妙。"

黄鹤楼送孟浩然之广陵①

李白

故人西辞黄鹤楼,烟花三月下扬州。
孤帆远影碧空尽,唯见长江天际流。

注释

①广陵:今江苏扬州市。

译文

老朋友向西面辞别了黄鹤楼,在春光明媚的三月东下扬州。孤帆成为远影在蓝天里消尽,只见浩浩的长江在天边奔流。

作品赏析

这首诗是李白初游江夏时,在黄鹤楼送别孟浩然所作。诗的前两句"故人西辞黄鹤楼,烟花三月下扬州"描述友人在春光明媚的时节,西辞黄鹤楼,顺江东下扬州的情景。借如烟似雾的融融春意,透露了送别友人时的惆怅情绪,第二句"烟花三月下扬州"措辞绮丽,意境优美,是诗中的名句,清人蘅塘退士将其誉为"千古丽句"。诗的后两句"孤帆远影碧空尽,唯见长江天际流"写友人走后舟行帆远、水流天际的情景。一片孤帆,载着友人渐行渐远,直至远影在碧空里消失,诗人还伫立楼头,凝眸远望,把对友人的一腔思念托付给无尽的江流。这首诗将一番别情全都潜藏在一幅高远明丽的画面中,意味隽永,气氛明快,格外动人。

早发白帝城

李白

朝辞白帝彩云间,千里江陵①一日还。
两岸猿声啼不住,轻舟已过万重山。

注释

①江陵：今湖北江陵。

译文

我在清晨辞别彩云缭绕的白帝城，一日千里，夜暮时分回到了江陵。两岸的猿猴在不停地悲凄啼叫，轻快的小舟已越过云山千万重。

作品赏析

李白因永王李璘事件被流放夜郎，经过了十五个月的艰难跋涉。肃宗乾元二年(759)二月，朝廷因关中大旱，宣布大赦，李白也被赦免，心里十分喜悦，随即从奉节登舟东归，写下了这首诗。诗的前两句写回归江陵的一日行程。首句写白帝城隐现在彩云间，是作者给客观景物抹上一层明丽爽朗的主观色彩，看来是写景，而实际上是写诗人内心的喜悦之情。第二句写行程快速，节奏轻快，直抒胸臆，表现了诗人的快感。诗的后两句补叙行程的经过：小舟迅速东下，猿声未住，它已如飞一样地掠过了万重山峦。以猿声反衬水势之急、舟行之疾，生动地表现了诗人遇赦后如释重负的轻松愉快的心情。"两岸猿声啼不住"一句既丰富了两岸景色，又起了衬托铺垫的作用，缓冲了轻快的语势，使全诗有了起伏。

江南逢李龟年①

杜甫

岐王宅里寻常见②，崔九堂前几度闻。
正是江南好风景，落花时节又逢君。

注释

①李龟年：唐开元、天宝时著名音乐家。
②岐王：姓李名范，唐玄宗的弟弟。

译文

当年在岐王府中经常与您相见，在崔九堂前多次听到您的歌声。真没想到在这风景如画的江南，百花凋谢的暮春里又遇到了您。

作品赏析

这首诗是作者晚年流落江南遇到李龟年时所作，感慨昔盛今衰。前两句"岐王宅里寻常见，崔九堂前几度闻"感慨昔日之盛，写两人相识于京城达官贵人之家，国家和个人都有过美好的年华。后两句"正是江南好风景，落花时节又逢君"写今日之衰，当年颇负盛名的两大艺术家如今流落江南，意外相逢，面对百花凋残的春景，已感慨万千。江南春景，落花时节，既象征个人的漂泊，又暗喻国家的衰败。一个"又"字形成尖锐的对比，感昔伤今之情全都烘托了出来。这首诗是诗人晚年作品中的绝唱，历来为脍炙人口的名篇，备受后人的赞誉。清代沈德潜评此诗："含意未申，有案未断。"邵长蘅评论谓："子美七绝，此为压卷。"清乾隆十五年御定的《唐宋诗醇》中说："言情在笔墨之外，悄然数语，可抵白氏(白居易)一篇《琵琶行》矣……此千秋绝调也。"清代黄生的《杜诗说》评价谓："今昔盛衰之感，言外黯然欲绝。见风韵于行间，寓感慨于字里。即使龙标(王昌龄)、供奉(李白)操笔，亦无以过。乃知公于此体，非不能为正声，直不屑耳。有目公七言绝句为别调者，亦可持此解嘲矣。"

滁州西涧①

韦应物

独怜幽草涧边生，上有黄鹂深树鸣。
春潮带雨晚来急，野渡无人舟自横。

注释

①滁州：今安徽滁州市。

译文

我特别喜爱生长在涧边的幽草,岸边浓密的树丛中有黄鹂啼鸣。春潮夹带暴雨在傍晚来得更急,野外无人过渡,渡船横泊在河心。

作品赏析

这首诗描绘雨前和雨中的景色,是一首写景诗。前两句"独怜幽草涧边生,上有黄鹂深树鸣"写暮春景物。花时已过,涧边幽草,格外引人爱怜。岸边深树丛中,黄鹂啼鸣,与诗人游览的心境形成和谐统一。这两句写雨前的景物,点出"涧边",为即将到来的春潮、春雨蓄势。后两句"春潮带雨晚来急,野渡无人舟自横"写傍晚雨中景象:春潮上涨,再加暴雨,山涧溪流更加急促,荒郊野外渡口的小舟在雨中自动横在河中。野渡雨景,历历在目。全诗有动有静,有声有色,形象丰富优美,形成了一幅境界幽静的风景画。这是一首著名的山水诗,同时也是诗人最富盛名的写景佳作。

枫桥夜泊①

张 继

作者小传

张继(生卒年不详),字懿孙,襄州(今湖北襄阳)人。天宝十二年(753)进士。曾任检校祠部员外郎及洪州(今江西南昌)盐铁判官。张继诗名早著,与刘长卿、顾况有交往。前人评他"诗情爽激,多金石","丰姿清迥,有道者风"。《全唐诗》录存其诗一卷。

月落乌啼霜满天,江枫渔火对愁眠。
姑苏②城外寒山寺,夜半钟声到客船。

注释

①枫桥:在今江苏苏州市阊门外西郊。夜泊:夜里停泊。

②姑苏：苏州的别称。

译文

明月落下西山，乌鸦在呱呱啼鸣，霜露满天，夜空充满凉意。我面对江边的枫树、渔船上的灯火，满怀着愁绪，彻夜难眠。姑苏城外寒山寺响起疏落的钟声，夜半时分传到了我的小船。

作品赏析

这首诗描绘了旅途中夜宿江上舟中的情景。因含愁难以成眠，月落、乌啼、霜满天、江枫、渔火，一起进入诗人的视觉和听觉，构成了一幅夜泊愁眠的画图，与诗人愁苦的心境交织在一起。夜半又传来寒山寺的钟声，更增添了几分愁绪。本诗着重写景，情在景中，有声有色，而声色与诗人的心境配衬得十分和谐动人。"姑苏城外寒山寺，夜半钟声到客船"是诗中的名句。明沈子来的《唐诗三集合编》评论曰："全篇诗意自'愁眠'上起，妙在不说出。"《碛砂唐诗》评价谓："'对愁眠'三字为全章关目。明逗一'愁'字，虚写竟夕光景，辗转反侧之意自见。"清王尧衢的《古唐诗合解》指出："此诗装句法最妙，似连而断，似断而连。"

寒　食①

韩翃

作者小传

韩翃，字君平，南阳人。天宝十三年（754）进士。曾任节度使幕僚、驾部郎中、知制诰，官终中书舍人。韩翃是"大历十才子"之一。《全唐诗》录存其诗三卷。

春城无处不飞花，寒食东风御柳斜。
日暮汉宫传蜡烛②，轻烟散入五侯家③。

注释

①寒食:节令名,在清明节前一二日,旧俗禁火,冷食。

②"日暮"句:此处以汉喻唐。据《辇下岁时记》:"清明日,取榆柳之火以赐近臣。"

③五侯:旧指宦官,此处指皇亲国戚。

译文

暮春的长安城无处不飞舞着柳絮杨花,寒食时节春风吹拂,宫中御柳横斜。傍晚时汉宫正分赐蜡烛,轻烟袅袅散入五侯之家。

作品赏析

这是一首以汉喻唐寓意深刻的讽刺诗。在汉代,寒食节这一天,全国都禁烟火,但皇帝却赏赐权贵们以蜡烛,以示恩宠。前两句"春城无处不飞花,寒食东风御柳斜"写的是白昼的景色,后两句"日暮汉宫传蜡烛,轻烟散入五侯家"写的是夜晚的景色。这首诗借古喻今,讽刺皇帝赐给宠宦以特权。它在艺术上的特点是写景叙事与时令紧密相连:"春"字总领"飞花"、"寒食"、"东风"、"御柳",以描绘京城春景。"寒食"与"传蜡烛"相连,以叙述宫中君臣们的丑事,显出构思上的巧妙和讽意的深刻。清吴乔在《围炉诗话》中赞扬云:"唐之亡国,由于宦官握兵,实代宗授之以柄。此诗在德宗建中初,只'五侯'二字见意,唐诗之通于《春秋》者也。"

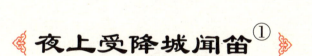

夜上受降城闻笛①

李 益

作者小传

李益(748—约829),字君虞,陇西姑臧(今甘肃武威)人。家居郑州(今河南郑州)。其诗音律和美,长于七绝,以边塞诗闻名,《夜上受降城闻笛》、《塞下曲》等为世传诵。

回乐烽前沙似雪②,受降城外月如霜。

不知何处吹芦管，一夜征人尽望乡。

注释

①受降城：历来注家对李益此诗中"受降城"的所在地虽然说法不一，但都认为是指唐代朔方道大总管张仁愿所筑的东、西、中三受降城中的西城。

②回乐烽：回乐城东南丘陵上耸立的烽火台。

译文

回乐烽前的沙粒洁白如雪，受降城外的月色明亮如霜。不知在何处吹起了芦管，出征将士整夜都思念故乡。

作品赏析

这首诗写边塞夜景，多角度地描绘了征人思乡和哀愁之情。诗的前两句"回乐烽前沙似雪，受降城外月如霜"写景，运用了比喻的修辞方法，将沙漠比为白雪，表现了大漠荒寒，月色凄冷，俯仰之间，沙、月交织在一起，一片洁白，寒气袭人。这种苦寒景象便是后文抒情的基础，营造了一种凄清寂寥的氛围。后两句"不知何处吹芦管，一夜征人尽望乡"写情，不知何处传来声声芦笛，将士们的乡情全被触动，整夜的思绪都在思乡之中。诗的风格自然流畅，形象确切鲜明，写出了征人的眼前景、心中情。艺术表现手法方面更是独具特色，熔景色、声音和情感于一炉，展现了一幅有声有色、情景优美的画面，意境浑成，巧夺天工，形成了一个完整的艺术整体。

乌 衣 巷①

刘禹锡

朱雀桥边野草花②，乌衣巷口夕阳斜。
旧时王谢堂前燕③，飞入寻常百姓家。

注释

①乌衣巷：在今南京市秦淮河南边。《一统志》云："晋王导、谢安居此，其子

弟皆乌衣,故名。"

②朱雀桥:秦淮河上的浮桥。

③王谢:指东晋的王导、谢安。

译文

朱雀桥边的野草正开花,乌衣巷口的夕阳在西斜。昔日王谢豪门堂前的飞燕,如今飞到普通百姓家。

作品赏析

这是一首抚今吊古的诗,是《金陵五题》中的第二首。诗人选取燕子寄居的主人家已经不是旧时的主人这一平常现象,使人们认识到富贵荣华难以常保,那些曾经煊赫一时的达官贵族,如过眼烟云,成为历史的陈迹。诗中没有一句议论,而是通过对野草、夕阳等景物的描写,以燕子作为盛衰兴亡的见证,经过这一环境烘托和气氛渲染,巧妙地把历史和现实联系起来,引起人们去思考时代的发展和社会的变化,含着深刻的寓意。全诗语言浅显,质朴自然,风格清新,韵味隽永,耐人寻味。"旧时王谢堂前燕,飞入寻常百姓家"是脍炙人口的名句。清施补华的《岘佣说诗》评价三、四两句道:"若作燕子他去,便呆。盖燕子仍入此堂,王谢零落,已化作寻常百姓矣。如此则感慨无穷,用笔极曲。"

后 宫 词

白居易

泪湿罗巾梦不成,夜深前殿按歌声。

红颜未老恩先断,斜倚熏(xūn)笼①坐到明。

注释

①熏笼:指在香炉外面熏衣的竹笼。

译文

眼泪浸湿了罗巾,好梦做不成,深夜里前殿传来欢乐的歌声。红颜还未衰老,君王就将恩爱割断,她斜倚在熏笼旁边独自坐到天明。

作品赏析

　　这是一首宫怨诗。第一句"泪湿罗巾梦不成"写垂泪不寐,希望君王能够临幸,暗示了宫女已经长时间没有见到君王,开篇便点出愁之缘由。第二句"夜深前殿按歌声"写前殿歌舞升平,说明君王不可能再来,表现了其失望的心理。一、二两句一静一闹,形成对比,表现这位宫女的失宠。第三句"红颜未老恩先断"说出怨意,红颜犹在,君恩却已断绝。最后以"坐等天明"与"梦不成"相呼应,又陡升希望,存在着一丝侥幸心理,便斜倚熏笼,盼望君来,可惜的是坐待到天明,再度陷入到绝望中。将女主人公的心理细腻婉转地表达了出来,感情真挚。语言自然,却过于直露,欠缺余韵。

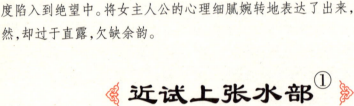

近试上张水部①

朱庆馀

作者小传

　　朱庆馀,字可久,越州(今浙江绍兴)人。宝历二年(827)进士。官秘书省校书郎。他是张籍所赏识的后辈诗人之一,诗的风格也和张籍诗相近。有《朱庆馀诗集》一卷。

洞房昨夜停红烛,待晓堂前拜舅姑。

妆罢低声问夫婿:画眉深浅入时无?

注释

　　①张水部:即诗人张籍。

译文

　　昨夜新房里通宵燃着红烛,等待天明去堂前参拜公婆。梳妆完毕低声询问

夫婿,眉毛的浓淡画得是否时兴?

作品赏析

　　《全唐诗话》载,朱庆馀遇水部郎中张籍,索庆馀新旧篇什,择二十六章置之怀袖而推赞之。时人以籍重名,皆缮录讽咏,遂登科。庆馀作是诗以献,籍酬之曰:"越女新妆出镜心,自知明艳更沉吟。齐纨未足时人贵,一曲菱歌敌万金。"由是朱之诗名流于海内矣。这首诗是朱庆馀在一次临考前所作,托意抒情,很有特色。表面上是写生活中的一件趣事:要去见公婆的新娘,在梳妆后询问自己的丈夫,眉毛是否画得合时尚?这种心情和将要去应考的心情相同。因此,作者实际上是借闺房之事隐喻考试,以新娘自比,以夫婿喻张水部,舅姑喻主考官。"入时无",就是问张水部,自己的作品能否合主考官的意。张籍看后便写了《酬朱庆馀》:"越女新妆出镜心,自知明艳更沉吟。齐纨未足时人贵,一曲菱歌敌万金。"诗中张籍将朱庆馀比作一位采菱姑娘,她容貌和歌喉俱佳,定会受到赏识,以此告知朱庆馀不必为这次考试担心。两首诗历来被誉为诗坛佳话。

泊秦淮

杜牧

**烟笼寒水月笼沙,夜泊秦淮近酒家。
商女不知亡国恨,隔江犹唱《后庭花》[①]。**

注释

　　①《后庭花》:即《玉树后庭花》,乃南朝陈后主作。陈后主由于荒淫好声色,不理朝政,被隋所灭,所作也被后人称为亡国之音。

译文

　　轻淡的烟雾、朦胧的月色笼罩着寒水寒沙,我在夜晚将小船停在秦淮河边靠近酒家。岸边酒楼上的歌女不懂得国破家亡的遗恨,仍隔着江高唱那一曲亡国之音《玉树后庭花》。

作品赏析

　　秦淮河两岸是六朝时的繁华之地,也是权贵富豪、墨客骚人纵情声色、寻欢作乐的场所。唐代商业繁荣,此地也如六朝一样繁华。诗人夜泊秦淮,眼见灯红酒绿、耳闻淫歌艳曲,不禁触景生情,写下这首诗。诗的前两句既是写景也是抒情,两个"笼"字写出凄迷的烟月,反映了诗人内心的哀愁。后两句表面上谴责商女,实际上是借南朝陈后主纵情声色终致亡国的史实,影射当时身负天下兴亡之责而又全无"亡国"之忧的达官贵人,讽刺他们面对唐王朝已经衰败、藩镇割据、外敌侵扰、政治上已出现严重危机的局面,却仍在尽情地享乐,过着醉生梦死的生活,表达了诗人感时忧国的沉重心情。全诗用语含蓄,文字平近而寓意深远。

夜雨寄北

李商隐

君问归期未有期,巴山夜雨涨秋池①。
何当共剪西窗烛,却话巴山夜雨时。

注释

　　①巴山:这里泛指今川东一带。

译文

　　你问我何时回去,我无法定下日期,巴山秋夜连绵的雨水涨满了湖池。何时能与你相依共坐同剪西窗灯烛,把我对你的思念追忆到巴山夜雨时。

作品赏析

　　这首诗是诗人在巴山写给在北方的妻子的,前两句"君问归期未有期,巴山夜雨涨秋池"写北地的妻子思念巴山的丈夫,巴山的丈夫思念北地的妻子,表现诗人对妻子的思念和客居中的愁思;后两句"何当共剪西窗烛,却话巴山夜雨

时"写想象中回家团聚时的情景,表达对幸福的向往。"巴山夜雨"在诗中两次出现,深化了意境。第一次出现是诗人的实际感受,第二次出现则是向往的幸福情景。把现实中的景象与未来中的向往联系在一起,从空间和时间的相关变化中写出人的悲欢离合,更加丰富地展示了彼此相思的情怀。姚培谦在《李义山诗集笺》中评《夜雨寄北》云:"'料得闺中夜深坐,多应说着远行人'(白居易《邯郸冬至夜思家》),是魂飞到家里去。此诗则又预飞到归家后也,奇绝!"

小百科 / XiaoBaiKe

　　如果古人和现代人同场竞技,你觉得谁会胜出?这种问题也许只会激起唇枪舌剑,而永远得不出大家一致认可的结论。古人大多从事体力劳动,耐力和承受力要远比现代人好得多。但是,现在运动员几乎成为了一种职业,举全国之力培养一小部分运动苗子,在财力、人力、技术等方面提供全方位保障,在一些技巧性比较强的运动项目,比如跳水、射击等项目,古人估计赢不了现代人。不过,长跑、摔跤等体力要求较高的项目,古人的胜算还是很大的。

乐 府

❀ 渭 城 曲 ❀

王维

渭城朝雨浥(yì)轻尘①,客舍青青柳色新。
劝君更尽一杯酒,西出阳关无故人②。

注释

①渭城:即秦都咸阳,汉改称渭城,今陕西西安市西北。
②阳关:在今甘肃敦煌市西南。

译文

渭城清晨的细雨正沾湿路尘,旅舍前面碧草青青,柳色一新。劝君再饮一杯离别时的美酒,你走出西边的阳关,难见故人。

作品赏析

这是一首送朋友赴西北边疆的诗。诗人首先描绘离别的环境,朝雨轻尘,柳色一新,充满诗情画意。接着殷勤劝酒,诉说衷肠。"西出阳关无故人"一句,不仅表达了与友人难分难舍的情意,也表达对友人远赴边疆的体贴和关怀,给友人一种慰藉。诗中以景衬情,景切情真,因其极强的艺术感染力,成为离席送别中的千古绝唱。明代李东阳在《麓堂诗话》中评论谓:"作诗不可以意徇辞,而须以

辞达意。辞能达意,可歌可咏,则可以传。王摩诘'阳关无故人'之句,盛唐以前所未道。此辞一出,一时传诵不足,至为三叠歌之。后之咏别者,千言万语,殆不能出其意之外。必于是方可谓之达耳。"

出　塞

王昌龄

秦时明月汉时关,万里长征人未还。
但使龙城飞将在^①,不教胡马度阴山^②。

注释

①龙城:在今蒙古国鄂尔浑河西侧的和硕柴达木湖附近,西汉时为匈奴祭天处。

②阴山:今内蒙古自治区阴山山脉。

译文

今日的关塞还是秦汉时期的明月照耀的关塞,将士们远征万里塞外,至今未见得胜归还。只要有卫青和李广那种将领健在,绝对不会让胡人的兵马度过阴山。

作品赏析

这是一首边塞诗,意在讽刺边塞将领。前两句"秦时明月汉时关,万里长征人未还"写眼前的关塞现实引人联想到遥远的秦汉时代的关塞形势,说明明月还是秦汉时期的明月,关塞仍是旧时的关塞,战争连绵不断,将士至今未还,原因何在? 诗的后两句"但使龙城飞将在,不教胡马度阴山"用假设的语气给出了回答,以赞古代的英雄,讽刺今日将领之无能,表现了诗人的爱国主义的伟大情怀,希望统治者能够起用良将,平息战争,令百姓早日过上幸福安定的生活。借古讽今手法的运用,使全诗显得含蓄深沉,耐人寻味,评论家多推此诗为唐人七

绝的压卷之作。

《出　塞》

王之涣

黄河远上白云间，一片孤城万仞(rèn)山。
羌笛何须怨杨柳①，春风不度玉门关。

注释

①《杨柳》：乐府《鼓角横吹曲》有《折杨柳枝》，辞云："上马不捉鞭，反折杨柳枝。下马吹横笛，愁杀行客儿。"这里即用其意。

译文

黄河远远地延伸到白云间，一座孤城坐落在万丈高山上。羌笛何必吹奏出传达离怨的《折杨柳》，春风吹不到玉门关，边塞怎能不荒寒。

作品赏析

这是一首边塞诗。描写了征人们愈走愈远而引起愈来愈深的愁怨。前两句"黄河远上白云间，一片孤城万仞山"境界开阔苍茫，在征人面前展开了一幅巨大荒凉的图景，为下文描写戍守者烘托了气氛。后两句"羌笛何须怨杨柳，春风不度玉门关"由征人所见转入所怀，由曲中的哀怨引发征人们怨"春风不度玉门关"，隐喻朝廷漠视戍边战士的艰苦，恩泽不及边关，表达了诗人对边防将士深切的同情。诗中语意双关，深含讽意，含蓄而自然地表达了诗人的感情。明代的杨慎认为三、四两句含有讽刺之意，在《升庵诗话》里评论曰："此诗言恩泽不及于边塞，所谓君门远于万里也。"

金缕衣

杜秋娘

作者小传

　　杜秋娘，杜牧《杜秋娘诗序》："杜秋，金陵女也，年十五为李锜妾，后锜叛灭，籍之入宫，有宠于景陵。穆宗即位，命秋娘为皇子傅母。皇子壮，封漳王，被罪废削，秋娘因赐归故乡。"

劝君莫惜金缕(lǚ)衣①，劝君惜取少年时。

花开堪折直须折，莫待无花空折枝。

注释

　　①金缕衣：华丽的衣服。

译文

　　不必爱惜金线织成的华贵的锦衣，应该珍惜少年时代最宝贵的光阴。鲜花盛开时正好采摘就尽情地采摘，别等到鲜花凋落才攀折无花的空枝。

作品赏析

　　这首诗很富有哲理性，劝喻人们不要去追求荣华富贵，而要珍惜少年时代美好的时光，又像是劝喻人们不要错过爱情的美好时机，以致后悔莫及。总之，是要人们珍惜时光和机遇，极富韵味。一、二两句"劝君莫惜金缕衣，劝君惜取少年时"的句式相同，"惜"字出现了两次，一否定，一肯定，构成诗中第一次反复和咏叹。三、四句"花开堪折直须折，莫待无花空折枝"构成了第二次的反复和咏叹。全诗多用叠字，字与字反复、句与句反复、联与联反复，不仅形式上优美，还形成回环婉转的韵律，耐人寻味。这首诗在唐代是配乐演唱的，当时就受到了人们的喜爱，被广泛传唱。

图书在版编目(CIP)数据

唐诗精选 / 崔钟雷编译. -- 杭州：浙江人民出版
社，2013.1（2015.1 重印）
　（青少年美绘版经典名著书库 / 崔钟雷主编）
　ISBN 978-7-213-05212-5

　Ⅰ. ①唐… Ⅱ. ①崔… Ⅲ. ①唐诗 – 诗集②唐诗 – 译
文 Ⅳ. ①I222.742

　中国版本图书馆 CIP 数据核字（2012）第 267111 号

唐诗精选

作　　者	崔钟雷　编译
丛书主编	崔钟雷
副 主 编	石冬雪　吕延林　王春婷
出版发行	浙江人民出版社
	杭州市体育场路 347 号
	市场部电话：(0571)85061682　85176516
责任编辑	毛江良
装帧设计	稻草人工作室
印　　刷	山东海蓝印刷有限公司
开　　本	787 毫米 × 1092 毫米　1/16
印　　张	12
字　　数	19 万
版　　次	2013 年 1 月第 1 版·2015 年 1 月第 3 次印刷
书　　号	ISBN 978-7-213-05212-5
定　　价	19.80 元

如发现印装质量问题，影响阅读，请与市场部联系调换。